Tout BDSM

Entrée Arrière

Erika Sanders

ERIKA SANDERS

Tout BDSM
Entrée Arrière
Erika Sanders
Série
Tout BDSM

Synopsis

Il se compose des romans suivants:
Entrée Arrière
Trou Arrière Étroit
Découvrir L'entrée Arrière
Pari Arrière Risqué

Tout BDSM est un roman à fort contenu érotique BDSM et, à son tour, un nouveau roman appartenant à la collection **Domination et Soumission Érotiques**, une série de romans à fort contenu BDSM romantique et érotique.

(Tous les personnages ont 18 ans ou plus)

Remarque sur l'auteure

Erika Sanders est une écrivaine de renommée internationale, traduite dans plus de vingt langues, qui signe ses écrits les plus érotiques, loin de sa prose habituelle, de son nom de jeune fille.

Indice

TOUT BDSM
ENTREE ARRIERE
ERIKA SANDERS

ENTRÉE ARRIÈRE

13

PREMIÈRE PARTIE
ANNIVERSAIRE SURPRISE

15

CHAPITRE I

Ils étaient meilleurs amis au lycée. Et ils sont restés les meilleurs amis depuis.

Même s'ils étaient des adultes vivant dans la grande ville, avec leurs propres carrières et leurs propres vies bien remplies, ils prenaient toujours le temps de se rencontrer au moins une fois par semaine dans un café du centre-ville, où ils partageaient des mises à jour sur leur vie.

Ils étaient toujours vêtus de leurs vêtements de bureau alors qu'ils discutaient autour d'un café.

"Alors, mon 5e anniversaire approche", a déclaré Lesley, faisant référence à son mariage avec Rob.

Marlène aiguisa son regard. "Tu sais, 5 ans c'est énorme, surtout de nos jours. Tu sais ce que ça veut dire, n'est-ce pas ?"

"Quoi?"

"Cela signifie que vous devrez lui offrir quelque chose de très spécial cette fois, et vice versa aussi."

Bien sûr, Marlene était l'autorité en la matière. Elle travaillait pour un site de rencontres et était entremetteuse professionnelle. Elle était également thérapeute relationnelle et conseillère conjugale.

Peu importe à quel point la carrière de Marlene paraissait douteuse à Lesley, il ne faisait aucun doute qu'elle était efficace. Marlene avait la réputation de rassembler les gens et de faire fonctionner les relations difficiles. Dans la grande ville où ils vivaient, les gens étaient plus que disposés à payer beaucoup d'argent à Marlene pour ses conseils.

"À ce stade, il est difficile d'obtenir quelque chose de bien pour Rob", s'est plaint Lesley. "C'est une personne discrète et il a déjà tout ce qu'il veut."

"Alors fais quelque chose de spécial. Cuisine-lui un bon repas. Organise-lui une fête surprise. N'importe quoi."

"Malheureusement, Rob est un cuisinier bien supérieur à moi. Et il déteste les fêtes surprises. Il pense qu'elles sont puériles."

"Le bon sexe fonctionne toujours", a déclaré Marlene en plaisantant, en prenant une gorgée de son café. "Les hommes apprécient toujours une bonne pipe chaque fois que c'est possible."

Lesley rougit.

"Écoutez, tout ce que je dis, c'est que 5 ans, c'est une grosse affaire. Surtout ces jours-ci. Vous voudrez peut-être penser à quelque chose de spécial."

"Tu as raison."

"J'ai toujours raison," Marlene fit un clin d'œil.

CHAPITRE II

Le conseil lui-même n'était pas mauvais. Lesley y a pensé sur le chemin du retour. Alors qu'elle se déshabillait dans sa chambre, elle réalisa à quel point elle était chanceuse.

Elle était mariée à un gars formidable, elle avait un excellent travail et elle avait un merveilleux groupe d'amis sur qui compter. A 33 ans, elle allait bien.

Mais qu'allait-elle offrir à Rob pour leur 5ème anniversaire ? Il avait déjà tout ce qu'il voulait. Ce n'était pas un gars pointilleux. Il était simple dans son goût. Il travaillait comme vendeur d'assurances et, pendant son temps libre, il aimait le sport et traîner avec ses copains. C'était ça.

Normalement, Lesley aimait le fait qu'il était si peu d'entretien, car cela lui donnait plus de temps pour se concentrer sur ses besoins à la place.

Maintenant, plus que jamais, elle voulait faire des choses sur lui. Elle voulait lui plaire. Et elle était déterminée à faire durer leur mariage.

Elle regarda dans le miroir de la chambre. Elle s'est toujours maintenue dans une forme décente. Elle était une athlète au lycée et à l'université, mais depuis qu'elle est devenue une fille de bureau, il était plus difficile de maintenir la même forme. Elle avait pris quelques kilos autour de ses hanches et de ses cuisses. La plupart des gens ne l'auraient pas remarqué, mais elle était toujours consciente de son apparence et gardait une trace de chaque changement apporté par son corps.

Il est temps de couper quelques glucides, pensa-t-elle.

Sinon, elle avait l'air super.

Elle a glissé dans ses vêtements de maison confortables et décontractés - un pantalon de survêtement et un grand t- shirt . Avec le grand anniversaire qui approchait, il était temps d'être une bonne femme au foyer et de préparer le dîner.

CHAPITRE III

Le travail était intéressant le lendemain. Lesley a travaillé pour une agence de publicité de taille moyenne, où elle a pu faire un travail qu'elle aimait. Elle aimait collaborer avec ses collègues et être créative.

Mais au fond d'elle, tout ce à quoi elle pouvait penser était son prochain anniversaire et la conversation qu'elle avait eue avec Marlene.

Comme tout était en avance sur le calendrier au bureau, Lesley a profité de son temps de pause pour aller dans la salle de bain privée et appeler sa meilleure amie. Les conseils relationnels gratuits étaient toujours les bienvenus.

Après tout, si Lesley avait raison, elle savait que Rob devait avoir prévu quelque chose de spécial par lui-même. C'était facile de faire quelque chose de spécial pour Lesley. Elle avait beaucoup de choses qu'elle aimait, y compris des fêtes surprises, des dîners raffinés et, bien sûr, des bijoux coûteux.

Les cadeaux d'anniversaire étaient quelque chose que Rob n'a jamais oublié. Chaque année, il s'assurait de lui offrir quelque chose de très sympa. Chaque année, il réussissait toujours à surpasser le cadeau de l'année précédente, c'est pourquoi Lesley devait trouver quelque chose de très spécial.

Elle entra dans la salle de bain et passa l'appel en utilisant son numéro abrégé. Heureusement, Marlene avait également du temps libre et elles ont discuté brièvement avant d'aller droit au but.

"Je pense que tu as raison", a déclaré Lesley, assise dans la cabine de la salle de bain avec le téléphone à la main. "Quelque chose de romantique est probablement la meilleure idée."

"Maintenant tu comprends. Tant mieux pour toi."

"Le problème, c'est que je n'ai pas d'idées."

"Que diriez-vous de tenues sexy? Vous savez, de la lingerie, un soutien-gorge et une culotte transparents, ce genre de choses."

"Rob n'aimerait pas ça," répondit Lesley. " Chaque fois que j'achète quelque chose de sexy, il veut que je l'enlève aussi vite que possible. Il aime juste la nudité."

"Que diriez-vous d'un jeu de rôle ? Il existe de nombreux scénarios passionnants."

"Trop collant."

"Le sexe oral?" demanda Marlène. "Où en es-tu avec ça ?"

"Aucun problème là-bas."

"Est-ce que tu avales?"

"C'est pratiquement une habitude," répondit Lesley avec une pointe d'embarras. "Voilà le problème, il semble que nous ayons couvert toutes les bases."

« Et le sexe anal ?

La question arrêta froidement Lesley. Elle a été abasourdie pendant un moment et dans un état de légère incrédulité. Le sexe anal ? Était-ce vraiment la réponse ? Marlene était l'experte et elle l'a mentionné pour une raison.

"Nous n'avons jamais fait cela", a répondu Lesley.

Il devait y avoir quelque chose dans la réponse de Lesley, car le ton de sa voix attira l'attention de Marlene.

Après tout, Marlene était une femme spécialisée dans les rencontres, les relations et le sexe. Elle en a fait une carrière réussie, ce que peu de gens peuvent faire.

« Avez-vous déjà expérimenté l'anal auparavant ? demanda Marlene d'un ton suggestif. "Je veux dire, sans Rob. L'as-tu déjà fait avec d'anciens partenaires ?"

En tant que meilleures amies, Lesley et Marlene ont déjà discuté de leur vie sexuelle, bien sûr, mais jamais avec autant de détails. Le niveau de détails commençait à mettre Lesley mal à l'aise, mais elle ne pouvait pas se plaindre. Après tout, c'est elle qui a demandé des conseils gratuits.

"Je n'ai jamais eu de relations sexuelles anales auparavant."

« Pas même un doigt ?

"J'ai eu un doigt", a admis Lesley. "Rien de plus."

"Vraiment quand?"

"Un gars avec qui je suis brièvement sorti à l'université?"

Marlene est devenue intriguée. « Vraiment, l'université ? Qui était-ce ? Mark ? Dave ?

"Ce n'est pas important pour le moment," répondit Lesley en secouant la tête. "L'important, c'est moi et Rob."

"Je pense que nous avons trouvé votre réponse."

« Le sexe anal ?

"Ouais."

« Du sexe dans mes fesses ? Lesley a de nouveau demandé confirmation.

"C'est à peu près la même chose."

"Et comment est-ce que c'est censé fonctionner pour notre anniversaire? Dois-je juste écarter les fesses et lui dire qu'il est temps de baiser?"

"C'est un bon début."

"J'étais sarcastique," soupira Lesley.

" Eh bien , c'était une bonne idée quand même."

"Je suis sérieux, Marlène."

"Moi aussi. Ça ne doit pas être sorcier. Les hommes aiment le sexe. Parfois, c'est aussi simple que ça. Portez de la lingerie sexy, faites-lui une pipe chaude et offrez-lui votre virginité anale. Je vous garantis que Rob tombera amoureux de vous recommencer. Heck, il pourrait même vous épouser à nouveau.

Lesley resta silencieuse un moment. Sa meilleure amie avait raison, peu importe à quel point cela semblait obscène.

"Je vais y réfléchir", a déclaré Lesley.

"Il y a quelque chose que tu ne m'as toujours pas dit."

"Qu'est-ce que c'est?"

« Est-ce que Rob a déjà demandé du sexe anal ?

"Jamais," répondit Lesley.

"Penses-tu qu'il le veut ? Je veux dire, t'a-t-il déjà massé les fesses ? Est-ce qu'il complimente tes fesses ? Est-ce qu'il regarde tes fesses ?"

"Oui, à tout ce qui précède. Pensez-vous que c'est un signe qu'il veut secrètement avoir des relations sexuelles avec moi ?"

"C'est possible," dit Marlene. "Peut-être qu'il le veut, mais il est trop timide pour demander."

"Je ne sais pas. Si Rob voulait de l'anal, il aurait demandé."

"Peut-être qu'il ne veut pas te faire flipper. Ou il a peur que tu penses qu'il est une sorte de pervers."

Lesley hocha la tête. "Peut-être."

"Maintenant, pour la dernière question, que vous n'avez pas non plus mentionnée."

"Qu'est-ce que c'est ?"

« Avez-vous déjà fantasmé sur le sexe anal avant ?

Dieu, c'était une bonne question. Une réponse à laquelle Lesley connaissait instantanément la réponse, même si elle était légèrement gênée d'en discuter, même avec sa meilleure amie entre toutes.

" Bien sûr que oui, " admit Lesley. "Pas récemment. Mais ça m'a traversé l'esprit. Je pense que ça a traversé l'esprit de toutes les filles à un moment donné."

« Alors qu'est-ce qui t'a arrêté toutes ces années ?

"Qu'est-ce que tu penses ?"

"Dites-moi."

"Ce n'est pas compliqué," répondit Lesley. "Pour le dire franchement, les bites sont grosses, les trous du cul sont petits. Dans mon cas, minuscules. C'est aussi simple que ça. C'est pourquoi j'ai déjà sauté le pas. Je ne suis pas en caoutchouc. Je suis un être humain."

"Chérie, beaucoup de femmes ces jours-ci ont des relations sexuelles anales. Et beaucoup de femmes aiment ça, beaucoup."

"En t'incluant ?"

"Certainement moi."

Lesley sourit, "Des chiffres."

"Pourquoi?"

"Vous semblez être du genre anal. Sans vouloir vous offenser."

"Aucune prise," répondit Marlene. "La douleur vaut l'orgasme."

"Est-ce que ça fait vraiment du bien ?"

"Je pourrais te le dire. Ou tu pourrais en faire l'expérience toi-même, lors de ton anniversaire avec Rob."

Lesley s'arrêta un instant. « Comment saurai-je si cela me convient ? »

"Il n'y a qu'un seul moyen de le savoir – lui demander."

CHAPITRE IV

Cette nuit. À quelques jours de leur anniversaire, Lesley a fait de son mieux pour être la femme parfaite.

Elle portait une belle robe et cuisinait le dîner à partir d'une recette qu'elle avait apprise en ligne. Naturellement, la nourriture ne s'est pas très bien passée, mais au moins elle a essayé.

Après s'être relaxé sur le canapé devant la télé, il était enfin temps d'aller se coucher.

Ils s'embrassèrent passionnément et Lesley ouvrit le dos de sa robe. Alors qu'ils se préparaient à faire l'amour, le sujet du sexe anal était constamment dans son esprit. C'était tout ce à quoi elle pouvait penser pendant qu'ils s'embrassaient.

Elle ne voulait pas gâcher la surprise, mais elle ne pouvait pas s'en empêcher non plus. Elle devait juste savoir si Rob penserait que c'est une bonne idée ou non. Le pire scénario serait de lui proposer le sexe anal le soir de leur anniversaire, seulement pour qu'il soit dégoûté. Il serait alors trop tard. La nuit serait gâchée.

Elle devait donc demander maintenant . Elle mit fin au baiser et regarda son mari droit dans les yeux.

"J'ai réfléchi," dit-elle. "Notre 5e anniversaire approche, comme vous le saviez probablement déjà."

"Comment pourrai-je oublier?"

« Alors pourquoi ne pas faire quelque chose de spécial ?

Rob sourit, "Quelque chose en tête ?"

C'était le moment de vérité et elle a essayé de paraître aussi confiante que possible lorsqu'elle a fait la proposition.

"Voulez-vous essayer le sexe anal le soir de notre anniversaire ?"

Ses yeux étaient fixés sur le visage de son mari, attendant tout signe de réaction pour pouvoir l'analyser. Elle voulait connaître chacune de ses pensées et son ouverture à une nouvelle aventure sexuelle.

Effectivement, à travers les changements subtils sur le visage de Rob, il semblait qu'il était intéressé par l'idée, et Lesley ressentit un étrange sentiment de soulagement, comme si elle avait trouvé le cadeau parfait pour leur anniversaire.

« Anal hein ? Ça a l'air intéressant. Tu as déjà fait ça avant ?

Elle secoua la tête. "Non, jamais."

« Est-ce que c'est quelque chose que tu voulais depuis un moment ?

"Longue histoire," répondit-elle. "Mais en quelque sorte."

Il continua de sourire, "Pourquoi attendre ? Tu es magnifique dans cette robe rouge et nous sommes tous les deux d'humeur. Pourquoi ne pas le faire maintenant ?"

"À présent ?"

Merde, pensa-t-elle.

Elle n'était pas préparée mentalement ou physiquement. Mais quel est le problème ? Si Marlene pouvait le faire si facilement, Lesley aussi. Comme Marlene l'avait mentionné, beaucoup de femmes le font de nos jours.

Il était temps d'arrêter d'être une mauviette et de perdre enfin sa virginité anale.

« Je vais chercher la vaseline », dit-elle avec un sentiment d'auto-défi.

« Es-tu sûr de vouloir faire ça ? Tu as l'air si... mal à l'aise.

"Je vais bien. Crois-moi, je vais bien."

Il lui a frotté les épaules. "Je suis d'accord avec, tu sais, le sexe régulier. Nous n'avons pas à faire ça si tu n'es pas à l'aise."

Lesley fit un pas en arrière et laissa tomber sa robe rouge sur le sol.

"Je suis sérieux. Je vais bien."

Elle était presque en mode robotique alors qu'elle attrapait un petit récipient de vaseline à proximité et le tendait à son mari. Puis elle a baissé sa culotte et s'est penchée sur le lit.

L'ambiance était soudain froide et peu romantique, comme si elle était dans le cabinet d'un médecin en train de se préparer à un examen de la prostate. Alors qu'elle attendait courbée, elle se rendit compte que son mari avait dû être abasourdi par la maladresse, et qu'elle avait oublié d'être séduisante pour leur première aventure anale.

Mais cela n'avait plus d'importance. Rob avait le lubrifiant. Et son cul nu était pointé vers l'extérieur, prêt à partir.

Le bruit de l' ouverture du bouchon de vaseline la rendit plus nerveuse qu'elle ne s'y attendait. Au fond d'elle-même, elle ressentait les mêmes nerfs que lorsqu'elle avait perdu sa virginité. Et à bien des égards, c'était la même chose. Elle perdait à nouveau sa virginité, sauf que cette fois, c'était la virginité de son cul.

Un choc monta dans sa colonne vertébrale quand elle sentit l' index couvert de vaseline de Rob pousser à l'intérieur de son cul.

"Beurk !" Elle haleta.

Le doigt de Rob s'est immédiatement détaché de ses fesses.

"Est-ce que ça va?"

"Je vais bien."

« Voulez-vous continuer ? Il a demandé.

« Bien sûr que je le fais.

Rob a essayé à nouveau, cette fois un peu plus doucement. Il repoussa son index dans ses fesses, et ce fut la sensation sexuelle la plus inconfortable que Lesley ait jamais ressentie.

C'était si peu naturel et gênant d'avoir un doigt lubrifié dans ses fesses. Pire, c'était juste pas sexy.

Lorsque Rob a poussé son doigt à fond, les orteils de Lesley se sont enroulés sur le sol de la moquette et son corps s'est tendu.

"Sortez-le," ordonna-t-elle.

Rob retira son doigt et lança un regard inquiet à sa femme, alors qu'elle se tenait debout.

"C'était probablement une mauvaise idée", a-t-il déclaré.

« Non, c'est une bonne idée. C'est juste que je n'y suis pas préparé pour le moment. C'est tout. Nous pouvons réessayer plus tard, le soir de notre anniversaire.

Rob avait l'air confus. "Tu veux réessayer ?"

« Pourquoi ? Tu n'aimes pas ça ?

"Je ne sais pas. Nous ne l'avons même pas fait. Mais tu as l'air si mal à l'aise quand mon doigt était dans tes fesses."

Pour une raison quelconque, cela n'a fait que rendre Lesley plus déterminée à avoir des relations sexuelles anales avec son mari. Peut-être était-ce parce que ce serait la première fois pour eux deux . Ce serait comme perdre leur virginité ensemble. Sa bite dans son cul. Quelle pensée romantique, d'une manière très étrange.

"Alors c'est réglé," sourit-elle. "Le sexe anal le soir de notre anniversaire."

"Je suis sérieux, Lesly, nous n'avons pas à faire ça."

"Et je suis sérieux aussi. Nous faisons ça. J'ai juste besoin d'un peu plus de temps. En attendant, faisons l'amour comme il faut."

Ils se sont tenus et se sont embrassés.

Lesley était déçue d'elle-même de ne pas pouvoir aller jusqu'au bout. Elle se considérait comme une femme forte et soucieuse de sa carrière qui pouvait surmonter n'importe quel obstacle, mais anal ? C'était quelque chose hors de son domaine.

Elle ne voulait certainement pas non plus compter sur Rob, car cela pourrait être dangereux. Il était hors de question qu'elle confie son petit anus délicat à un homme inexpérimenté avec une bite semi-grosse. C'était hors de question.

Non. Ce dont elle avait besoin, c'était d'un expert. Quelqu'un qui saurait quoi faire dans une situation critique comme celle-ci.

Heureusement, elle savait exactement qui appeler.

DEUXIÈME PARTIE
SON MEILLEUR AMI SEXY EXPERT

CHAPITRE V

Le lendemain au bureau, l'esprit de Lesley était absorbé par sa vie sexuelle. Elle ne pensait qu'au sexe. Et si elle pouvait réellement aller jusqu'au bout en le prenant par les fesses.

Alors qu'elle était à son bureau, elle a envoyé un texto à sa meilleure amie experte en sexualité. Lorsque Marlene était libre de discuter au téléphone, Lesley se dirigea vers la salle de bain pour un petit moment d'intimité.

Après avoir passé l'appel et s'être assise sur le couvre-siège des toilettes, Lesley a dévoilé tous les détails. Elle a parlé à Marlene de la brève conversation avec Rob, de sa volonté et du doigt qui est entré dans ses fesses. Elle a dit à Marlene tous ses sentiments concernant l'affaire personnelle.

« Je ne vois pas comment une femme normale pourrait gérer ça ? se demanda Lesley.

"Nous sommes en 2022, chérie, beaucoup de femmes aiment ça."

"Je suis sûr que c'est juste pour plaire au gars."

"Attendez," dit Marlène. "Laissez-moi vous envoyer un lien. Regardez-le, puis rappelez-moi."

« C'est du porno ? demanda Lesley, connaissant sa meilleure amie.

"En fait, ça l'est."

"Est-ce que ça va mettre un virus dans mon téléphone ou quoi ?"

"Douteux. Je regarde ce site porno tout le temps sur mon téléphone, alors que je suis censé travailler, et mon téléphone va très bien."

Lesley soupira, "Envoie-le."

"Rappelle-moi quand tu auras fini de regarder."

Lesley attendit le lien. C'était ennuyeux et solitaire d'être assis dans la salle de bain en attendant un lien porno. C'était une triste réflexion sur l'état de sa vie personnelle.

Enfin, trois liens sont arrivés.

Lesley a ouvert le premier, qui était un lien vers un site porno. La vidéo était un bref clip réalisé par des professionnels qui montrait une femme en train de se faire baiser dans l'anus par une énorme bite. Elle l'a parcouru rapidement, ne regardant que les parties principales.

La deuxième vidéo avait le même contenu.

La troisième vidéo était à peu près la même.

Elle a ressenti une légère gêne assise dans la cabine de la salle de bain, dans sa tenue de bureau, en regardant du porno sur son téléphone, alors qu'elle était censée travailler. Elle avait l'habitude de se plaindre quand les hommes le faisaient, maintenant elle faisait la même chose. Au moins, elle avait une raison légitime pour cela, pensa-t-elle.

Après avoir parcouru ces clips porno, elle a rappelé Marlene.

"Qu'as-tu pensé?" Marlene a demandé en répondant à l'appel.

"Je voulais dire des femmes normales. Ce sont des stars du porno."

"Quelle est la différence?"

"Les stars du porno sont des interprètes", a expliqué Lesley. "Elles sont faites pour le sexe. C'est tout ce qu'elles font. Et elles peuvent passer toute la journée à se mettre en forme et à se préparer pour le sexe. Je suis une employée de bureau. C'est différent."

"Très bien. Attends. Rappelle-moi dans quelques minutes. Laisse-moi te montrer autre chose d'abord."

"Attendez... attendez..."

L'appel se termina et Lesley soupira. Elle attendit patiemment, enfin deux liens arrivèrent de Marlène.

Lesley a cliqué sur le premier. C'était du même site porno, sauf que cette fois, il s'agissait d'un couple normal au lieu de stars du porno. Lesley a regardé une femme au foyer d'apparence ordinaire recevoir des relations sexuelles anales dans sa chambre, par un homme vraisemblablement son mari.

La vidéo suivante était similaire. Il mettait en vedette un étudiant à l'air ordinaire (un peu ringard) ayant un orgasme anal, gracieuseté d'un gars de l'équipe de football universitaire.

Lesley n'était pas étrangère au porno. Elle a regardé des trucs softcore sur le câble avec son mari. De temps en temps, ils regardaient du porno hardcore en le commandant à la demande pour pimenter leur vie sexuelle.

Mais elle n'avait jamais regardé de porno amateur auparavant. C'était étrange de voir des gens "normaux" baiser. C'était comme être un voyeur dans leur vie sexuelle. C'était encore plus surréaliste de regarder les vidéos de ces femmes "normales" ayant des relations sexuelles anales et d'adorer ça.

Lesley a compris le but des vidéos et a rappelé son amie.

"D'accord, j'ai compris," dit Lesley. "Les femmes normales peuvent le faire aussi."

« Et tu es une femme normale, n'est-ce pas ?

"La dernière fois que j'ai vérifié."

« Alors pourquoi ne peux-tu pas le faire ?

Lesley soupira, "Je n'en ai aucune idée."

"Désolé d'avoir l'air d'une garce condescendante. Honnêtement, à ce stade, Rob a probablement raison. Peut-être essayer autre chose ? Demandez-lui s'il a d'autres fétiches. Il doit y avoir quelque chose."

"Je préfère m'en tenir à tout ce truc anal."

Le sens relationnel de Marlene a commencé. "Vraiment. Pourquoi ça? Maintenant, je commence à penser qu'une partie de vous attend cela avec impatience, peu importe à quel point vous essayez de le combattre."

"Je pense que c'est chaud. Je suppose que Rob pense que c'est chaud aussi. Et franchement, je suis un peu curieux. J'ai toujours été un peu curieux. C'est la seule partie de mon corps que je n'ai pas explorée sexuellement. Ce serait donc bien de voir de quoi il s'agit."

"On dirait que nous avons une mission importante devant nous."

« Alors tu es prêt à aider ?

" Bien sûr que je le suis, " répondit Marlène. "Il n'y a aucun moyen que je rate ça."

« Des idées sur ce qu'il faut faire ?

"En fait, j'ai plein d'idées. Je ne te l'ai jamais dit, mais je suis aussi sexologue, en plus des conseils relationnels que je donne."

"Ce n'est pas le moment de plaisanter."

"Je suis mortellement sérieuse," dit Marlène avec une indéniable fermeté.

C'était suffisant pour convaincre Lesley. "D'accord, alors, comment pouvons-nous commencer, en supposant que je puisse utiliser vos conseils sexuels gratuitement."

"Mon paiement est de te regarder avoir un puissant orgasme anal. En d'autres termes, je dois être là et participer, d'accord?"

« Tu veux jouer avec mon trou du cul ? Lesley a demandé incrédule.

"Euh hein."

"Est-ce une sorte de truc lesbien? Ou est-ce purement basé sur nos années d'amitié?"

"Tous les deux."

Les sourcils de Lesley se levèrent. "D'accord, ce n'est pas bizarre du tout."

« C'est à propos de toi, d'accord ? Tu veux mon aide ou pas ?

Lesley prit une inspiration. "Je le fais."

"Alors allons droit au but, d'accord ?"

"Bien. Comment procéderiez-vous normalement avec ça ? Je veux dire, si j'étais un client, un parfait inconnu, que feriez-vous de moi ?"

"Ça dépend de ce que tu autorises," répondit Marlene. "Peut-être que je vous rencontrerais en tête-à-tête pour un cours accéléré sur l'anal. Ou peut-être que je ferais une séance de couple, où j'aiderais votre mari à réclamer vos fesses."

« Toi, moi et Rob, en même temps ? Un plan à trois ? »

"C'est une option viable."

« Est-ce que ça marche normalement ? Lesley a demandé.

" À chaque fois . Mais je filtre soigneusement. Il faut que ce soit le bon couple. Seules les personnes qui sont sexuellement sûres d'elles-mêmes et de leur relation. Après tout, en tant que sexologue et conseillère, la dernière chose que je veux faire est de creuser un fossé entre le couple. La jalousie est une chose très dangereuse.

"Intéressant."

« Des pensées jusqu'ici ?

"Rob a toujours plaisanté sur le fait d'avoir un plan à trois. De plus, je sais qu'il pense que tu es très jolie."

"Je me penche vers le trio que je vois," dit Marlene avec espièglerie.

"Sorte de."

"Si cela vous fait vous sentir mieux, ce n'est techniquement pas un plan à trois. Rappelez-vous, je serais dans un rôle d'assistant. Cela signifie que je préparerais votre anus pour la pénétration, et Rob ferait le reste."

"Cela semble en fait assez chaud."

"Oh, ça l'est," répondit Marlene.

« Est-ce que tu ferais vraiment quelque chose avec Rob ?

"Je ne vais pas le baiser, si c'est ce dont tu as peur."

« Alors quoi ? Lesley a demandé.

"Comme je l'ai dit, je vais préparer ton anus. Je vais te lubrifier et commencer par quelques étirements légers. Ensuite, pour le dire franchement, Rob te baisera juste après."

"Ça a l'air... eh bien... aventureux."

« Ça l'est, » reconnut Marlene. "Mais je devrai peut-être toucher un peu Rob, si nécessaire. Je guiderai son pénis à l'intérieur de votre anus pour m'assurer que ce n'est pas trop douloureux. La pénétration anale nécessite un pénis en érection complète, donc s'il n'est pas assez en érection , je peux Je dois le stimuler d'une manière ou d'une autre. Probablement avec ma bouche.

« Alors tu vas faire une pipe à mon mari ?

"Seulement si nécessaire."

"C'est rassurant."

"Hé, tu m'as appelé. Ne l'oublie pas. Je t'aide de la seule façon que je connaisse. D'après mon dossier, je fais du bon travail dans ce domaine."

Lesley soupira, "Merci, sérieusement. Je le pense, tu es le meilleur."

"Ne me remercie pas encore. Tu pourras me remercier après ton premier orgasme anal."

"Tout cela ressemble à l'expérience sexuelle parfaite pour un anniversaire. Mais je dois admettre que c'est très intimidant."

"C'est toujours le cas. Et ce n'est pas pour tout le monde."

"J'aimerais essayer", a déclaré Lesley. "Je suis intéressé. Je le suis vraiment."

"Vous devez être absolument positif, sinon nous ne pourrons pas aller jusqu'au bout. Notre amitié est trop importante. Je ne voudrais jamais ruiner votre mariage."

"Alors je devrai demander à Rob et voir ce qu'il en pensera."

Marlene a ri, "Qu'est-ce que Rob va dire ? Non ? Bien sûr qu'il sera d'accord avec ça. Il ne va pas me baiser. Il va te baiser."

"C'est vrai, mais quand même, je ferais mieux de l'appeler et de voir ce qu'il en pense."

"J'ai une meilleure idée."

"Lequel est?"

"Je vais appeler Rob," dit Marlene. "Je vais arranger les choses avec lui, puis ce sera une sorte de surprise pour vous. Je ne veux pas que vous continuiez à stresser à ce sujet. La première règle du sexe anal est de se détendre. Et cela inclut la relaxation mentale ."

« C'est logique. Alors tu vas l'appeler maintenant ?

"Oui, et j'aurai encore besoin d'une chose de votre part."

"Qu'est-ce que c'est?"

"J'aurai besoin d'une photo de ce avec quoi je travaille", a déclaré Marlene. "Envoie-moi une photo de tes fesses nues et une photo claire de ton anus. Tout de suite."

« Tu veux que je commence à envoyer des sextos au travail ?

"Ce n'est pas du sexting", a insisté Marlene. "C'est une préparation préalable à une procédure médicale importante et délicate impliquant votre santé conjugale et votre bien-être sexuel."

"Marlene, c'est du sexting."

"Appelez ça comme vous voulez. J'ai besoin de ces photos pour déterminer comment procéder avec le processus anal."

"En d'autres termes, vous voulez savoir à quel point mon anus est petit", a précisé Lesley en plaisantant.

"Exactement."

"Bien," soupira Lesley. "Je vais l'envoyer dans un instant."

"Parfait. En attendant, je vais appeler Rob pour régler les détails. J'ai un super pressentiment."

" Moi aussi. C'est de loin la chose la plus coquine et la plus folle que j'ai jamais faite, mais pour une raison quelconque, je pense que ça va marcher. "

"C'est parce que je suis une experte en la matière," rassura Marlene.

Les deux amis ont dit leurs mots d'adieu et l'appel a pris fin.

Lesley se leva du siège des toilettes et se regarda longuement dans le miroir. Elle n'avait jamais pris de photos d'elle-même nue auparavant, mais s'il y avait une bonne raison de le faire, c'était bien celle-là.

Elle a enlevé sa jupe et sa culotte de bureau, les plaçant sur un comptoir. Elle se tenait seulement dans son haut boutonné et ses chaussures. Elle était nue de la taille aux pieds. À la mode, c'était une combinaison très étrange de se voir comme ça, surtout dans la salle de bain du bureau de tous les endroits.

Après s'être retournée, ses fesses ont fait face au miroir et elle a également pointé l'appareil photo de son téléphone vers le miroir. Elle a pris un instantané de son reflet sur les fesses, et c'était officiellement la première photo nue qu'elle ait jamais prise.

Vient ensuite l'image la plus gênante. Elle réfléchit à la façon dont elle allait prendre une photo de son anus, puis trouva la solution. Elle s'accroupit et mit le téléphone entre ses jambes, sous son corps. Une fois qu'elle était dans la bonne position, elle a pris le cliché.

Elle se redressa et regarda la photo de son anus. C'était la première fois qu'on le voyait aussi clairement. Elle a noté la couleur, la forme et les lignes marron clair de son anus. Il avait définitivement l'air minuscule, et prendre la bite de Rob là-dedans allait être un défi. Heureusement, Marlene savait quoi faire.

Lesley a envoyé les photos explicites par SMS à Marlene, et soudain la situation a été portée à un tout autre niveau.

CHAPITRE VI

Cette nuit-là, alors que Lesley et son mari se prélassent devant la télévision, tout ce à quoi elle pouvait penser était la baise anale qu'elle allait bientôt recevoir, et ce que Rob ressentait à ce sujet.

Même avec toute l'action sur Game of Thrones , qui est l'émission télévisée préférée de Rob, Lesley n'arrêtait pas de se demander les mêmes choses. D'autant plus que ni Rob ni Marlene n'avaient mentionné quoi que ce soit. Lesley se demanda si Marlene avait même appelé Rob ou non. Il n'y avait qu'un seul moyen de le savoir.

« Est-ce que Marlene t'a appelé plus tôt aujourd'hui ?

"Oui," dit Rob avec un ton inhabituellement timide.

"Et ?"

"Et je pense que tu vas te régaler," dit-il avec un léger sourire, qu'il essayait clairement de retenir.

Lesley était à moitié cochée qu'elle était laissée dans l'ignorance concernant le résultat de son propre fond. Elle avait besoin de réponses, et il était clair que ni Rob ni Marlene n'en donneraient.

« Pouvez-vous au moins me donner un aperçu ? À quoi dois-je m'attendre ?

"J'ai promis que je ne dirais rien."

"Etes-vous absolument sûr de cela?" dit Lesley avec une voix séduisante exagérée, comme si ça allait marcher.

"Je suis absolument positif."

Lesley a de nouveau fait une voix sexy. "S'il te plait, ma chérie ? Je vais faire ce truc avec ma langue. Tout ce que tu as à faire est de me donner un indice."

"Je peux attendre," sourit-il. "Faites-moi simplement confiance là-dessus. Marlene a quelque chose de spécial en réserve pour nous."

"Tu penses?" Lesley a répondu de sa voix normale.

"Je le suis. Elle m'a donné plusieurs conseils au téléphone. Et elle m'a dit ce qu'elle comptait faire de toi. Je pense sincèrement que cela va ajouter quelque chose de spécial à notre vie sexuelle. Quelque chose que nous n'avons jamais fait auparavant."

C'était pour le moins intrigant. Au fond de moi, une petite jalousie s'est installée.

"Tu vas la baiser aussi ?" Lesley demanda d'un ton doux et féminin.

Il lui tapota la cuisse. "Bien sûr que non. Ne sois pas stupide."

« Alors quel est le grand secret ?

"Tu le sauras bien assez tôt," répondit-il, pointant ensuite la télé. "Vous manquez les meilleures parties."

Sur ce, Rob a concentré son attention sur la télévision. Pendant ce temps, Lesley a gardé sa concentration mentale sur ses fesses bientôt douloureuses.

TROISIÈME PARTIE
PREMIÈRES FOIS

43

CHAPITRE VII

C'était un samedi matin, ce qui signifiait qu'aucun d'entre eux ne devait aller travailler.

Lesley a suivi les instructions que Marlene lui avait envoyées par e-mail la nuit précédente. Les consignes portaient principalement sur la propreté et la beauté.

Elle prit une longue douche bien savonneuse. Un accent particulier a été mis sur le nettoyage de son anus et de son rectum. Lesley a suivi les instructions spéciales sous la douche. En fait, elle l'a fait deux fois pour être sûre.

Après la douche, Lesley s'est assise devant le miroir de sa commode avec un assortiment de produits de beauté. Elle a pris son temps pour se rendre plus désirable qu'elle ne l'était déjà. Il y avait un accent égal sur ses cheveux.

Au moment où elle a terminé, la fille de bureau professionnelle était partie depuis longtemps. C'était la nouvelle Lesley, amie de l'anal. Et elle était aussi belle que jamais.

Elle a complété son apparence avec un soutien-gorge et une culotte blancs assortis, suivis d'un déshabillé blanc.

Tout ce qu'elle a fait était selon les conseils de Marlene dans l'e-mail.

En parlant de ça, la sonnette retentit. 10h. Juste à temps.

Lesley et Rob sont allés ouvrir la porte d'entrée ensemble. Là se tenait Marlene, la thérapeute des relations sexuellement éclairée, avec une coiffure impertinente et deux sacs à provisions.

Marlene leva les sacs et sourit : « Sommes-nous prêts à commencer ?

Soudain, ce qui semblait être un samedi matin ordinaire s'est transformé en le début de quelque chose de spécial.

CHAPITRE VIII

Le couple attendit anxieusement dans leur chambre pendant que Marlene se préparait dans la salle de bain. L'un des sacs apportés par Marlene était pour sa tenue spéciale. Après tout, elle ne pouvait pas sortir en public habillée comme si elle était prête pour une rencontre anale.

Mais cela a soulevé la question, qu'y avait-il dans l'autre sac ? Ils le sauraient bien assez tôt.

Lorsque la porte de la salle de bain s'est ouverte, Lesley et Rob ont été choqués de voir la transformation de Marlene.

Les vêtements décontractés de Marlene avaient tous disparu. Au lieu de cela, elle était pieds nus dans un déshabillé rouge, semblable à celui que portait Lesley. Marlene s'est également fait maquiller de manière glamour et ses cheveux ont également été coiffés.

"Sommes-nous prêts?" Marlene a demandé, prenant une pose ludique et sexy.

Lesley était légèrement jalouse des secrets de beauté et de la routine de fitness de sa meilleure amie. Elle nota mentalement de demander des pourboires plus tard.

"Prêt au possible", a déclaré Lesley.

Rob a accepté.

"La première étape consiste à regarder la pièce", a déclaré Marlene. "Nous l'avons déjà fait, évidemment, ainsi que le nettoyage nécessaire. Maintenant, la prochaine étape est pour vous de vous mettre à l'aise, et pour moi de vous détendre."

Lesley sentit sa chatte se contracter.

"Je suis prêt."

Marlene regarda autour d'elle dans la chambre. Puis elle a placé une serviette sur le lit conjugal du couple, l'étalant soigneusement.

"Avant de vous allonger sur le lit," dit Marlene. "Tu te demandes probablement ce qu'il y a dans l'autre sac."

Lesley hocha la tête. "J'ai une assez bonne idée."

"C'est le kit anal que nous allons utiliser."

"Cela semble intimidant."

Marlene fouilla dans le sac et lui tendit un petit gode rose. "Pas vraiment. C'est surtout quelques petites choses et beaucoup de lubrifiant. Assez pour te préparer à la pénétration de Rob par la suite."

"Je commence à sentir des papillons dans mon estomac."

"Alors nous ferions mieux de commencer."

Lesley et Rob se sont donné un long câlin, suivi d'une série de baisers sur les lèvres. C'était presque comme dire « au revoir ». Mais en fait, c'était l'accueil de quelque chose de nouveau dans leur relation.

"Enlève ta culotte," dit Marlene.

Lesley se pencha et retira sa culotte, la jetant au loin. Elle était nue de la taille aux pieds, avec le mince déshabillé couvrant ses fesses et sa chatte, mais cela ne durerait pas très longtemps.

Elle monta sur le lit exactement comme Marlene l'avait demandé. Avec ses genoux sur la serviette et son visage appuyé sur le lit. Ses fesses étaient en l'air et elle était parfaitement consciente que son trou du cul et sa chatte étaient entièrement exposés à son meilleur ami et mari.

C'était un moment gênant. À bien des égards, cela ressemblait à une visite chez le médecin pour Lesley. Sauf qu'au lieu d'un examen gynécologique typique, un sodomie approfondi serait bientôt dans son avenir. Mais d'abord, il y aurait les préliminaires. Oh mon dieu, quel genre de préliminaires? pensa Lesley.

Une paire de mains frottait les deux fesses de Lesley. Pas n'importe quelles mains. Mains féminines douces. Le genre que seule Marlene possédait.

Oh mon Dieu, ça commence.

"Voici votre surprise," dit Marlene. "Je sais que tu embêtais Rob à propos de mes plans. Eh bien, voilà. Je trouve qu'un bon anulingus féminin est le meilleur moyen de stimuler les vierges anales. Maintenant, détends-toi."

Oh mon dieu, un rimjob . De Marlène ?

Avant que Lesley ne puisse dire un mot, elle sentit ses fesses être écartées encore plus par les mains douces. Elle savait que son trou du cul était grand ouvert pour que son mari et Marlene puissent le voir.

Puis vint la langue. Oh mon dieu, la langue. Son petit anus brun se faisait lécher par sa meilleure amie. Léché de haut en bas. Léché côte à côte. Léché dans tous les sens. Puis vinrent les baisers. Puis le léchage à nouveau. Puis quelques baisers de plus sur son anus.

Obtenir un rimjob n'a jamais été sur la liste de seaux sexuels de Lesley, mais elle était si heureuse de l'avoir ressenti. Si elle avait su que c'était si bon, elle aurait demandé à Rob de le faire il y a des années lors de leur nuit de noces.

Maintenant, elle était là, à genoux, face contre terre, se faisant lécher le trou du cul par sa meilleure amie. Elle avait toujours su que Marlene était une personne très sexuelle, et une experte en matière sexuelle, mais ça ? Elle ne pouvait pas savoir que Marlene était une experte dans la pratique du sexe oral sur l'anus d'une femme. La technique que Marlene faisait était tout simplement trop belle pour être vraie.

Puis vint le dernier morceau du rimjob . La langue de Marlene est entrée à l'intérieur. Oh mon dieu, il est entré. Lesley a senti que son anus bavait dessus, que de la salive coulait le long de son cul et à l'entrée de son rectum.

Ça chatouillait un peu, mais c'était surtout sensationnel, stimulant des terminaisons nerveuses dont elle ignorait l'existence.

"Bon Dieu," gémit Lesley, face contre terre sur le lit. « Ta langue... mon dieu.

Marlène s'arrêta brièvement. "C'est pourquoi je suis payé beaucoup d'argent."

Et avec ça, Marlene a continué avec son léchage anal. Sa langue léchant l'anneau de l'anus, suivit l'entrée du rectum, puis elle s'arrêta.

« Êtes-vous prêt pour la prochaine phase de votre léchage ? » demanda Marlene, tenant toujours le cul écarté.

"Il y a plus?" demanda Lesley, toujours face contre terre.

"Oui. Ça arrive. Maintenant, détends-toi, chérie."

Marlene a dit quelque chose à Rob, qui était si bref et bref que Lesley n'a pas pu l' entendre. Tout ce qu'elle entendait était le bruit d'un brassage. Elle ne pouvait pas le voir puisque son visage était sur le lit. Bien sûr, elle aurait pu simplement se retourner pour regarder ce qu'ils faisaient, mais pourquoi s'en soucier ? Elle adorait les surprises, et elle était prête pour une surprise orale spéciale.

La prochaine chose que Lesley savait, c'est que Rob mangeait sa chatte par le bas. Pendant ce temps, Marlene est retournée à ses fonctions d'anulingus.

Lesley a subi une agression orale complète sur sa chatte et son anus, en même temps, de la part des personnes qu'elle aimait le plus.

Ses yeux s'écarquillèrent et ses lèvres se retroussèrent tandis qu'elle relâchait un bref gémissement. C'était le double du plaisir oral. Rob a sucé sa chatte comme jamais auparavant. Marlene a accéléré son rythme de léchage anal.

Au fond, Lesley s'est maudite de ne jamais l'avoir fait auparavant. Tant pis. C'était une jeune femme de 33 ans , il lui resterait beaucoup de temps dans la vie pour continuer à profiter du double sexe oral.

Elle a senti un point culminant approcher lorsque Rob a concentré sa langue sur son clitoris. C'était exactement comme ça que Lesley aimait qu'on lui mange la chatte. Commencez par le centre, puis orgasme avec stimulation clitoridienne.

"Oh mon dieu," gémit Lesley, face contre terre, les yeux révulsés. "Je pense que je me rapproche."

Marlene retira brièvement sa langue. "Fille, vas-y."

Avec cela, Rob a continué à lécher le clitoris plus rapidement, et Marlene a exécuté un tourbillon oral à l'intérieur de l'anus vierge.

Lesley a déclenché un orgasme pour les âges.

Elle a crié à haute voix et son corps s'est tendu. Dieu merci, ils avaient récemment acheté une maison, où ils pouvaient avoir une certaine intimité. Dans leur ancien appartement, un cri comme celui de Lesley aurait certainement attiré l' attention des voisins , et peut-être celle de la police.

Maintenant, dans l'intimité de sa propre maison, Lesley a pu tout laisser sortir. Sa chatte et son trou du cul ont reçu une puissante stimulation orale, ce qui a entraîné un puissant orgasme humide.

Quand cela a été fait, Rob s'est éloigné de sous la chatte et Marlene a retiré sa langue.

Lesley s'est effondrée sur le lit, un gâchis humide, avec un sourire post-orgasme sur son visage.

"Rob avait raison à propos de toi," dit Marlene, admirant sa meilleure amie aux fesses nues. "Tu es tout à fait le cummer ."

"Ho... ly ... merde ..." grogna-t-elle.

"Fille, maintenant nous n'avons fait que la moitié du chemin. La lubrification et l'excitation sont la clé d'un bon sexe anal. Je dirais que tu es plus qu'excitée. Et tu es bien lubrifiée par ma salive. Mais nous avons encore du travail à faire ."

"Toujours?" elle a marmonné.

"Oui, maintenant remets-toi en position espèce de paresseuse."

Marlene a donné une puissante tape sur le cul à sa meilleure amie. C'était suffisant pour remettre Lesley sur ses genoux, les fesses en l'air.

Alors que son esprit était encore sous le choc de l'orgasme intense, son visage était pressé contre le drap et elle sentit ses fesses s'écarter à nouveau. Cette fois, les mains étaient beaucoup plus fortes, ce qui signifiait que Rob était celui qui tenait les fesses de Lesley grandes ouvertes.

Ce qui signifiait que Marlene avait les deux mains libres.

Soudain, Lesley entendit le bruit familier d'une bouteille de lubrifiant ouverte.

Ensuite, Lesley a senti le petit gode rose être poussé à l'intérieur de ses fesses. Il ne faisait que quelques centimètres de long, mais il semblait massif à l'intérieur de son petit trou du cul. Le gode rose a été enfoncé et sorti.

Il a été retiré, laissant une sensation de béance dans les fesses de Lesley.

Ensuite, quelque chose d'un peu plus grand a été pressé contre son trou. Un autre gode du sac de Marlene. Il a été poussé plus fort, entrant dans le trou vierge. Alors qu'il continuait à être poussé, Lesley savait que ce jouet était beaucoup plus long (et plus épais), ce qui lui donnait une sensation beaucoup plus étirée.

Elle sentit l'anneau de son anus et de son rectum poussé à sa limite. Ensuite, il a été maintenu en place là-bas, laissant à son anus le temps de s'habituer à avoir quelque chose de cette taille dans son cul.

Ensuite, le plus gros gode a été retiré, laissant une sensation béante dans son trou du cul délicat.

Soudain, en arrière-plan, il y a eu ces bruits de succion/aspiration. Il a fallu une seconde à Lesley pour se rendre compte que Marlene était probablement en train de sucer la bite de Rob, le rendant dur et lubrifié pour la baise anale. Cette garce, pensa Lesley.

Les bruits de succion ont cessé.

"Joyeux anniversaire, ma fille," dit Marlene d'une voix taquine.

"Joyeux anniversaire, chérie," dit Rob.

Cette fois, Lesley sentit quelque chose d'autre pressé contre son trou du cul. C'était dur, mais c'était doux. Il n'y avait aucun doute à ce sujet. C'était la bite de Rob. Son mari était sur le point de la baiser dans le cul.

Elle serra le drap et se prépara à ce qui allait arriver.

Rob a poussé. Son sexe est entré. La pénétration était lente et douce. C'était presque comme si un expert la pénétrait, même si elle ne l'aurait pas su, puisqu'elle n'avait jamais été baisée dans le cul auparavant.

Elle s'est alors rendu compte que cela venait des conseils que Marlene avait donnés à Rob. C'est pourquoi Rob a pu baiser son cul si facilement. Et c'était aussi grâce à toute la stimulation anale et à l'orgasme que Marlene avait fournis.

Tout fonctionnait à la perfection. La bite semi-large de Rob a pu pénétrer son rectum sans effort, même si son cul était très plein.

Finalement, il est allé jusqu'à l'intérieur et Rob s'est reposé dans le tout petit rectum de sa femme.

"C'est ça ma fille," dit Marlene, qui s'avança pour caresser les cheveux de Lesley avec amour. "La partie la plus difficile est terminée. Tout est à l'intérieur. Maintenant, amusez-vous et profitez de l'orgasme à suivre."

Les meilleurs amis se tenaient la main et se regardaient dans les yeux, tandis que Rob tirait lentement sa bite en arrière, puis donnait une poussée.

"Oh..." haleta Lesley. "Dieu..."

« Doucement, ma fille. Tu te débrouilles très bien.

La bite lancinante à l'intérieur de son cul a répété son mouvement. Rob a reculé, puis a donné une autre poussée, cette fois un peu plus fort, ce que Marlene lui avait demandé en privé de faire plus tôt.

D'autres poussées sont venues. À chaque poussée, le corps de Lesley était poussé plus profondément dans le lit. Son visage appuya plus fort sur le drap. Le lit a basculé. Ses cheveux ondulaient d'avant en arrière. Ses petits seins se balançaient.

Bientôt, Lesley s'est retrouvée à se faire enculer . Le lit a tremblé et Lesley s'est mise à pleurer.

"Ça va chérie," dit Marlene d'un ton rassurant, essuyant ses larmes. "Tu te débrouilles si bien. Ton cul est fait pour ça. Tu vas être accro à la baise anale quand ton mari aura fini."

Lesley se demandait comment cela pouvait être vrai alors que son cul continuait à être labouré. Ça faisait mal, mais ça faisait aussi du bien. C'était comme le contraste parfait de la douleur et du plaisir.

Elle était étirée au-delà de toute croyance. Mais aussi, ses terminaisons nerveuses rectales étaient stimulées d'une manière qu'elle n'aurait pas cru possible.

"Oh mon dieu" cria Lesley. "Mon trou du cul !"

Des larmes coulaient sur le visage de Lesley alors que le martèlement continuait. Elle aurait pu demander que ça s'arrête. Elle aurait pu supplier pour que ça s'arrête. Mais elle ne l'a pas fait. Elle s'aventurait dans de nouveaux territoires de son corps. Elle vivait de nouvelles choses avec sa sexualité. Et elle en aimait chaque seconde.

Ça faisait toujours très mal. Mais il y avait une satisfaction indéniable à cela. Marlene sentit le plaisir que Lesley ressentait, et elle fit un léger signe de tête à Rob, ce qui fut leur signal.

Soudain, Rob a commencé à baiser à toute vitesse. Lesley a crié à haute voix, des larmes coulaient sur son visage, alors que son délicat petit trou du cul était labouré avec une force qu'elle ne savait pas pouvoir supporter.

"Oh mon Dieu!!!!" elle a pleuré pour la vie chère.

Puis elle est venue. Elle est venue pour la deuxième fois ce matin. C'était un orgasme différent d'avant. Ce n'était pas fluide et agréable.

Non. C'était cru. Pur. Sauvage. C'était un orgasme qui venait de son désir primitif. Et ça a fait un sérieux gâchis partout.

Dieu merci , Marlene avait mis cette serviette sur le lit.

L'orgasme était si intense que Lesley n'avait pas remarqué que Rob avait déjà éjaculé à l'intérieur de son rectum, inondant son petit trou.

Pour la deuxième fois ce matin-là, Lesley était face contre terre, effondrée sur le lit, les fesses nues exposées.

Rob et Marlene ont tous deux admiré leur travail : une Lesley étourdie, allongée dans un pur bonheur orgasmique, complètement mouillée entre les jambes.

ÉPILOGUE

Quand Lesley était rentrée du travail, un petit cabas dans une main, un sac à main dans l'autre, elle était de bonne humeur.

Elle posa son sac à main près de l'escalier et elle s'approcha de son mari dans la cuisine, qui était toujours en tenue de travail lui aussi.

"Désolé, je suis un peu en retard," dit-elle, embrassant Rob sur les lèvres tout en tenant toujours le petit sac de courses.

"Qu'est-ce que c'est ça?"

Elle sourit, tendant le sac, "C'est... un joli petit cadeau que Marlene m'a offert. Nous avons pris un café il y a quelque temps."

Lesley sortit une petite bouteille et jeta le sac sur le plan de travail de la cuisine. La bouteille était transparente et contenait un fluide liquide clair. Mais ce qui ressortait le plus de la bouteille, c'est qu'elle indiquait clairement qu'elle était uniquement à des fins anales.

En fait, la substance contenue dans la bouteille a été spécialement conçue pour le sexe anal. C'était un nouveau produit conçu pour rendre le sexe anal beaucoup plus facile.

"Oh mon dieu," dit-il, les sourcils levés.

"Ta bite. Mon cul. En ce moment."

Lesley tendit la bouteille à son mari. Elle se retourna et retira sa culotte, la jetant par terre. Elle écarta les jambes et se pencha, soulevant le dos de sa jupe de bureau. Puis elle posa ses mains sur le comptoir de la cuisine, les fesses pointées vers l'extérieur.

Pendant que Rob versait la nouvelle bouteille de lubrifiant dans son trou du cul, Lesley regardait dans le jardin. C'était une belle journée et le soleil se couchait. Elle a réalisé à quel point elle était une femme chanceuse. Elle était mariée à l'amour de sa vie et ils avaient trouvé un moyen de faire passer leur vie sexuelle au niveau supérieur. Elle avait aussi la meilleure amie parfaite, celle qui a rendu tout cela possible.

La vie était belle.

Une simple poussée, et la bite de Rob est entrée dans son petit trou du cul. À ce moment-là, Lesley s'était habituée à se faire étirer les fesses par sa queue. Cette fois, cela semblait plus facile. Marlene avait raison, cette nouvelle bouteille de lubrifiant était géniale, ce qui signifiait qu'il y aurait beaucoup plus de sexe anal dans le futur de Lesley.

TROU ARRIÈRE ÉTROIT

57

CHAPITRE I

La bite de Dick envahit lentement l'anus ridé et lubrifié de Samantha puis ressortit au même rythme. La scène sensuelle se répéta plusieurs fois et la chaleur de son étroit canal lui fit bientôt désirer plus. Essayant d'ignorer son manque de contrôle sur la vitesse désespérément lente, il se concentra sur sa femme alors qu'elle bougeait ses fesses de haut en bas sur sa longueur. Avec ses poignets et ses chevilles enchaînés au lit, elle n'avait d'autre choix que d'embrasser la nouveauté d'être utilisée comme son jouet sexuel.

La tournure inhabituelle des événements a commencé la veille. Alors qu'il se rendait au travail, le téléphone portable de Dick a sonné à exactement 7h10 du matin, comme prévu. Même sans vérifier l'identification de l'appelant, il savait que c'était sa femme, qui appelait tous les matins à la même heure.

Répondant à l'appel en mains libres, Dick a accueilli chaleureusement Samantha,

"Bonjour bébé."

"Hé ! Je te manque déjà ?" La voix de Samantha était pleine d'humour, car ils venaient de se séparer une heure plus tôt.

Dick renifla,

« Bien sûr ! Avez-vous déjà lu de bonnes histoires ? »

Au cours de sa routine matinale d'exercices, Samantha aimait lire des histoires sur son blog de littérature érotique préféré. Elle a sélectionné les catégories 'Anal' et 'BDSM' et espérait trouver de nouvelles découvertes chaque jour. Si quelqu'un le chatouillait, il le disait à Dick, en détail, lors de ses différents voyages au travail.

"En fait, j'ai lu une histoire 'Anale' vraiment chaude", a-t-elle dit avec nostalgie. "Un mari a ligoté sa femme en guise de punition, puis il lui a donné un coup très dur dans le cul. Cela m'a rendu super excité."

Saisissant son indice pas si vague, le ton de Dick était doux, "Oh vraiment".

"Tu sais... ça fait un moment qu'on n'a pas eu le temps de jouer à des jeux coquins. Et... eh bien... j'ai été une fille très méchante ces derniers temps. Je suis presque sûr que je mérite une punition." Faisant de mon mieux pour paraître contrite, elle parvint à avoir l'air peinée.

Samantha aimait vraiment le sexe anal, ce qui était une bénédiction pour Dick. Le problème était qu'elle criait comme un diable pendant les orgasmes anaux. Les adolescents étant toujours à la maison, leurs chances de se libérer étaient rares.

Sachant que sa femme était désespérée pour le sexe pervers, Dick a accepté son invitation pas si subtile dans la foulée. Elle avait raison; cela faisait longtemps qu'ils n'avaient pas profité d'une nuit endiablée. En vérité, il était surpris qu'il lui ait fallu si longtemps pour proposer un rendez-vous sexuel secret, et il était totalement d'accord avec la direction de leur conversation.

Répondant au souhait évident de Samantha, Dick a fait sa part. "Je serai le juge de savoir si vous méritez vraiment une punition. Maintenant, dites-moi ce que vous avez fait," dit-il d'un ton autoritaire.

"Eh bien, d'une part, il se trouve que j'accélère en ce moment," Samantha savait que c'était un effort faible, mais ce n'était que le premier lancer.

Dick soupira, déçu, "Tu es pressé tous les jours. Ce n'est pas vraiment digne d'une punition."

"Oh", ne se souciant pas de son erreur, elle était prête pour le deuxième lancer. "Eh bien, j'ai emprunté 30 $ de ton portefeuille avant d'aller travailler."

Dick gloussa, "D'accord... pas vraiment une surprise. La plupart du temps, j'ai l'impression d'être votre guichet automatique personnel. C'est tout ?" Demanda-t-il, attendant plus de sa femme pleine de ressources.

Ayant gardé le meilleur pour la fin, Samantha était convaincue qu'elle était sur le point de réussir,

"Il s'avère donc que les Morrisons nous ont invités à dîner vendredi soir et j'ai dit que nous serions ravis d'y assister."

Il y eut un silence de mort pendant plusieurs instants pendant que Dick traitait les nouvelles indésirables. Elle savait parfaitement qu'il n'aimait pas passer du temps avec les Morrison. Bien que la femme soit une amie chère de Samantha, le mari était socialement maladroit.

« Petit, dit Dick après s'être raclé la gorge à haute voix, tu mérites vraiment une punition pour ça. Laisse-moi voir ce que je peux faire pour faire de la place dans mon emploi du temps demain après-midi.

Lorsque Dick a utilisé son surnom de jouet sexuel, la chatte de Samantha s'est resserrée. Être à la merci de son mari, alors qu'il utilisait son corps pour le plaisir, était le plus excitant. Heureusement, il serait prêt à midi le lendemain, ce qui était le moment idéal.

Étourdie par le succès, Samantha a à peine contenu sa joie,

« Oh mon garçon ! Euh, je veux dire... oh non ! Eh bien, je vais devoir accepter la punition que vous jugez adaptée au crime. Mais, mes fesses se sentent vraiment mal d'avoir été laissées de côté ces derniers temps. »

Bouleversé par le dîner à venir avec les Morrison, Dick a décidé de narguer sa femme pour se venger partiellement.

"Peut-être que votre punition est d'abandonner les relations anales", a-t-il plaisanté de sa voix plus sérieuse.

Abasourdie, Samantha s'étouffa pratiquement.

"Bébé, la punition doit toujours inclure l'anal !"

"Tu n'es pas en position de faire des demandes, Petite." Dick a maintenu son tourment, un sourire ironique sur son visage. « Je vais prendre votre demande en considération, mais ne comptez pas vous en tirer. C'était une transgression assez grave. Je me mets au travail maintenant. Nous pourrons en reparler plus tard.

Découragée, Samantha répondit :

"Je vous aime".

"Je t'aime aussi," raccrocha Dick, content de lui-même d'en avoir offert un à sa femme.

Dans sa voiture, Samantha était horrifiée par la tournure des événements. Son plan astucieux pour provoquer une séance anale brutale avait soudainement déraillé.

Sûrement, Dick doit savoir à quel point il voulait une séance de cul dur et coquin !

En supposant qu'elle puisse le convaincre d'obéir, Samantha a rapidement conçu un plan pour lui donner des Margaritas. Il n'y avait aucun moyen qu'il puisse résister à l'attrait de son cul avide avec un gros coup de tequila sur le corps et elle connaissait l'endroit qui conviendrait à ses besoins.

CHAPITRE II

Le lendemain, Samantha et Dick se sont retrouvés à la maison juste avant le déjeuner. Lorsqu'elle lui a suggéré un petit tour dans son restaurant mexicain préféré, il a accepté. Non seulement les boissons étaient fortes, la nourriture était excellente et, surtout, le service était rapide.

Comme d'habitude, ils ont demandé un stand isolé. Après vous être assis, deux de vos Margaritas préférées sont apparues comme par magie sur la table et votre commande de nourriture a été rapidement prise en charge. Une fois les préliminaires terminés, ils ont siroté et se sont détendus.

Samantha, une personne très directe, n'avait aucun scrupule à parler franchement. Espérant que Dick avait oublié son idée absurde de refuser le sexe anal, il a décidé de tenter sa chance.

"Hé bébé, je suis assez excitée. Nous allons devenir fous ce soir", a-t-elle dit, tout en lui faisant un clin d'œil suggestif.

Dick gloussa, devinant que Samantha était préoccupée par sa menace d'éviter le jeu anal. Même s'il avait bien l'intention de lui percer le cul longuement et fort, il pensait que ce serait amusant de continuer sa ruse.

Levant un sourcil et gardant son visage de poker vers le haut, il a dit: "Aujourd'hui, nous allons rester discrets. Après tout, Petite, tu mérites une punition."

"Haha, très drôle. Sois sérieux et arrête de faire l'imbécile," dit-elle, essayant de masquer son inquiétude évidente.

Bien qu'il soit normalement un acteur terrible, Dick se sentait confiant dans sa performance. Samantha se tortillait vraiment sous ses yeux et c'était assez amusant.

Se penchant, il dit sévèrement :

"Ne vous y trompez pas, ma décision est prise."

"Mais chéri, tu n'aimes pas baiser mon cul pendant que je suis attaché au lit ? Tu peux me mettre sur mes genoux, avec mon cul levé et faire ce que tu veux avec moi." Elle a essayé de le tenter en peignant une image érotique. "Imaginez votre bite dure s'enfoncer dans mon petit trou... imaginez mes cris quand vous me faites jouir... pensez à mes fesses qui se serrent pendant que votre bite se décharge en moi ! Allez, j'ai besoin que tu me délivres une bonne quantité de sperme à ma porte arrière! S'il vous plaît ...! "

Toujours impressionné par l'enthousiasme anal de Samantha, la bite de Dick se raidit immédiatement. Oh ouais, j'avais prévu de faire tout ça et plus encore. Mais pour le moment, il appréciait la mascarade.

"J'ai pris ma décision. L'anal, la servitude et la punition sont hors de question aujourd'hui", a-t-il déclaré, réussissant à paraître désintéressé.

Voir le visage de Samantha clignoter de frustration était immensément amusant pour Dick. Il s'attendait à ce qu'elle change de stratégie et n'a pas été déçu.

Samantha se déplaça rapidement, essayant de le blâmer.

"Mais bébé, c'est toi qui m'as accroché à l'anal ! Si tu y penses, c'est vraiment de ta faute. Tu me dois une bonne baise de cul !"

Il y avait du vrai dans sa déclaration. Il avait fallu à Dick plus de vingt ans pour convaincre Samantha que le sexe anal valait la peine d'être essayé. Une fois qu'elle a réalisé que les orgasmes anaux étaient réels et rivalisaient avec la variété vaginale, personne ne l'a arrêtée. Dans un sens, il était responsable de la création de ce monstre anal.

Intrigué de voir où il pourrait aller ensuite, Dick a continué à tirer sur sa chaîne, "La position missionnaire et la pénétration vaginale feront l'affaire pour aujourd'hui, petit."

Le visage de Samantha se tordit d'incrédulité. Ce genre de sexe était bien pour les soirs de semaine, quand ils devaient se taire parce que les enfants étaient à la maison. Mais cette mauvaise opportunité était trop précieuse pour être gâchée !

Déterminée à s'essayer à la flatterie, Samantha n'a pas raté une miette.

"D'accord, écoute. Je vais être totalement honnête. Si tu n'étais pas si doué pour me battre le cul, je ne voudrais même pas avoir de relations sexuelles anales. Des compétences comme la tienne ne devraient pas être gaspillées."

En louchant, la réponse de Dick était simple :

"Bien essayé".

"Bébé s'il te plait attache-moi et baise-moi le cul ! Cela fait trop longtemps que nous n'avons pas joué et j'en ai vraiment besoin", s'est-il plaint, en dernier recours.

Dick secoua la tête et pensa à sympathiser avec elle. S'il lui avouait que c'était une blague à ses dépens, elle se calmerait. Sur le point de parler, elle sentit soudain son pied nu directement sur son entrejambe. Avec ses orteils, elle caressa doucement son érection dure comme de la pierre sous la table alors qu'elle souriait en signe de victoire.

"Tu n'arrêtes pas de dire 'non' mais ta bite dit 'enfer ouais'. Ai-je raison ?" murmura Samantha, les yeux brillants de joie.

Soudain, ne voulant pas abandonner, Dick prit plusieurs inspirations profondes et essaya de se concentrer sur des pensées peu attrayantes. Imaginer un dîner chez les Morrison l'a fait sortir de l'abîme.

Parlant lentement et doucement, il répondit :

"Mes règles aujourd'hui sont respectées."

Samantha haussa les épaules et soupira,

"D'accord, tu as gagné, bébé. Profitons du déjeuner et rentrons à la maison. Bon sang, peut-être qu'on devrait juste se détendre. Tu as l'air un peu tendu."

Leurs commandes sont arrivées et le couple les a rapidement fait manger, pendant qu'ils discutaient d'autres sujets. Dick était surpris que Samantha ait réussi à mettre la conversation derrière elle, car elle n'aimait pas perdre.

Au fond de son esprit, Samantha se sentait justifiée par les préparatifs faits plus tôt dans la journée. Dick avait choisi de jouer avec le feu et il allait bientôt brûler. Elle était tout à fait prête à agir et à prendre sa bite dans son propre cul.

CHAPITRE III

Arrivés à la maison, le couple est allé directement dans leur chambre. Dick s'assit sur le coin du lit pendant que Samantha enlevait lentement son jean et sa chemise blanche à boutons. Sachant pertinemment qu'il appréciait un bon strip-tease, il s'assura d'exagérer ses mouvements. Alors qu'elle s'apprêtait à retirer le soutien-gorge en dentelle noire et le string assorti, elle se dirigea vers son mari et enleva sa lingerie devant lui.

Debout nue devant lui, Samantha regarda honnêtement Dick et demanda :

« Chérie, puis-je te faire un massage ? Tu en mérites un pour avoir été si patiente avec mes singeries. »

Bien que Dick était prêt à battre les fesses de sa femme de manière insensée, la suggestion réfléchie de Samantha l'a ému. Ses massages étaient assez décents et prenaient beaucoup de temps.

"C'est une bonne affaire, Petite. Vas-y. Mais d'abord, déshabille-moi."

Rougissant doucement, Samantha répondit :

"Avec plaisir".

Puisque Dick avait laissé sa veste et sa cravate en bas, cela ne prit pas longtemps. Elle grimpa sur le lit et s'accroupit directement derrière lui, mettant ses genoux de chaque côté de son corps. Atteignant sa poitrine, elle déboutonna sa chemise et l'enleva. Son simple T-shirt blanc a suivi.

"Lève-toi et tourne-toi," murmura-t-elle d'un ton séduisant.

Dick a suivi ses instructions qui ont mis son bassin directement devant son visage. Alors qu'elle le regardait dans les yeux, Samantha a débouclé sa ceinture, dézippé son pantalon, puis dézippé la fermeture éclair. Tirant sur lui, elle a baissé son pantalon et ses sous-vêtements, le laissant nu et semi-dressé.

"Maintenant, allonge-toi et laisse mes doigts faire leur travail," dit-elle en tapotant le lit.

Heureux d'obtempérer, Dick s'allongea au milieu du lit, face contre terre. Après l'avoir chevauché, Samantha s'assit au milieu de son dos.

Partant de ses épaules, elle parla avec inquiétude :

"Oh bébé, tes bras sont si tendus ! Mets-les sur ta tête pour que je puisse travailler tous tes groupes musculaires."

Dick était très distrait par la tache humide qui se formait sur son dos sous la chatte de Samantha, mais il réussit à enregistrer sa demande. Tendant ses bras vers les oreillers, il était vaguement conscient que Samantha glissait en avant, jusqu'à ce qu'elle soit entre ses omoplates. Après s'être penchée au bord du lit, elle sembla attraper quelque chose. Puis, rapide comme l'éclair, il sentit de l'acier froid autour de ses poignets et entendit le claquement révélateur des menottes.

La tête de Dick recula alors qu'il tirait sur ses mains et les trouva restreintes. La réalité a frappé fort ; sa mince épouse venait de le laisser tomber, ce qui n'était pas rien puisqu'il pesait beaucoup plus. Immédiatement après, le diable agile se glissa hors de son corps et s'assit à côté de lui.

Bien que réticent à regarder sa femme, qui était sûrement fière de la blague, Dick tourna la tête sur le côté. Ce qui a immédiatement attiré son attention, c'est la chatte glissante qui était exposée entre ses cuisses largement écartées. Il gémit, se sentant idiot d'avoir été pris face contre terre.

"Ha ! Je t'ai totalement trompé !" hurla-t-elle.

Dick savait qu'elle ne se contenterait pas de cela, car Samantha était encline à jubiler. Étant généralement calme, il a été tenté de se joindre à sa réjouissance, mais a décidé de faire le point sur la situation.

"Beau coup, Petit," concéda-t-il, toujours courtois. « Alors, qu'est-ce qui se passe ensuite ? »

Samantha n'avait pas fini de crier :

"Saint guacamole ! Je t'ai capturé ! J'aurais aimé que tu aies vu l'expression sur ton visage ! Tout un poème !"

« Ouais, tu m'as pris au sérieux. Alors, quelle est la fin de ton jeu ? »

Riant de son jeu de mots involontaire, elle a répondu.

"C'est plus comme mon jeu de 'fesses'!"

Prenant plusieurs inspirations profondes, elle se calma. Faire plaisir à Dick faisait définitivement partie du plan et elle voulait le rassurer.

« Ok, ok ! Ugh ! Ce sont vos options. Je vais attacher les menottes à un petit morceau de chaîne qui est fixé au montant du lit. Cela vous laisse libre de rouler sur le dos. Si vous choisissez ce chemin, je vais monte sur ta bite pour en faire bon usage. Mais tu seras complètement à ma merci pour changer. Ou... je peux rester ici et jouer avec moi pendant que tu fais la sieste. C'est totalement à toi de décider, mon amour. "

Dick se décida immédiatement, mais fit mine d'y réfléchir,

"Voyons, je peux te laisser utiliser ma bite, ou t'allonger ici comme un paquet pour ronfler. Je vais opter pour l'option numéro un."

Applaudissant comme une petite fille, Samantha était ravie. Alors qu'elle préférait un rôle de soumission pendant les jeux coquins, Dick a appuyé sur un bouton chaud jusqu'alors inconnu en menaçant de lui refuser le sexe anal. Il ne pouvait blâmer personne d'autre que lui-même pour ses mesures extrêmes.

"Excellent!" s'exclama-t-elle. "Maintenant, retourne-toi et garde tes jambes écartées. J'ai besoin de t'enchaîner les chevilles."

S'appuyant sur un coude, Dick tourna son corps selon les instructions de Samantha. Elle a sauté du lit et a sorti des chevilles en métal qu'elle avait dû cacher sous le matelas plus tôt dans la journée.

Une fois tous les membres de Dick immobilisés, Samantha étudia fièrement son travail. Le regard fixé sur le visage de son mari, elle l'embrassa tendrement sur le front.

"Ne t'inquiète pas, bébé. Je serai douce," murmura-t-elle directement dans son oreille.

Dick, un gars tranquille, s'est moqué du petit filou :

"Eh bien, petite, il semble que tu m'aies exactement là où tu me voulais."

"Eh bien, je t'ai. Merci de l'avoir remarqué," rit-elle en se dirigeant vers la porte. "Maintenant, reste immobile et je reviens tout de suite."

Être restreint était une nouvelle expérience pour Dick. Le couple avait été impliqué dans l'esclavage depuis le début de leur relation et au cours de leurs trois décennies ensemble, Samantha avait passé d'innombrables heures menottées, enchaînées et même sur une palissade. Elle n'avait jamais manifesté d'intérêt pour renverser la situation auparavant, c'était donc un tournant inattendu.

Dick a été impressionné que Samantha ait profité de sa grande expérience pour l'attacher au lit. En testant sa mobilité, il était vraiment fier qu'elle ait réussi à le sécuriser sans lui causer de douleur.

Les menottes n'étaient pas trop serrées sur ses poignets/chevilles, et ses membres n'étaient pas non plus étirés au point de gêner. Dans l'ensemble, ce fut une entreprise assez réussie.

Son attention s'est déplacée après avoir remarqué que Samantha était revenue et se tenait au milieu de la pièce.

Dire qu'elle s'était habillée pour l'occasion aurait été un euphémisme.

CHAPITRE IV

"Tu aimes ce que tu vois?" Les yeux de Samantha brillaient malicieusement alors qu'elle modelait pour lui dans sa nouvelle tenue.

D'habitude, elle préférait la lingerie douce et féminine, mais cet après-midi, elle était partie dans une nouvelle direction. Un corset en cuir noir sans bretelles lui a donné l'apparence d'une femme en contrôle. Déjà petit, il accentuait encore plus sa taille minuscule, tout en parvenant à faire paraître ses petits seins plus gros. Elle a choisi d'aller sans culotte, laissant son sexe glabre exposé pour son plus grand plaisir. Un peu plus bas, jusqu'à la cuisse, des bas noirs transparents étreignaient ses jambes toniques. Complétant l'ensemble érotique, elle portait des talons aiguilles noirs à l'air sévère.

La mâchoire de Dick s'ouvrit, regardant avec étonnement l'apparence de sa femme, vêtue d'une tenue si audacieuse.

« Merde ! Tu as l'air si sexy, petite ! »

S'écartant de lui, elle inclina ses hanches sur le côté et lui tapota les fesses. Avec sa bite maintenant formée en un mât plein, il a brièvement lutté pour se lever avant de se rappeler qu'il était attaché au lit.

"Petit, laisse-moi me lever et je vais te donner le tour le plus dur de ta vie", a-t-il dit, essayant de négocier.

Samantha secoua la tête en riant,

"Oh, je vais avoir du mal, ne t'inquiète pas. Tu as eu ta chance et tu l'as ratée. J'ai l'intention de prendre ce que je veux tout seul."

« Allez ! Je plaisantais juste sur le fait de refuser le sexe anal. Changeons de place », supplia-t-il.

Samantha haussa les épaules et répondit :

"Tu as appuyé sur la mauvaise touche, bébé. Ce qui est fait est fait. Maintenant, si tu insistes pour parler, il y aura des conséquences."

"Mais," commença-t-il.

"Exactement ! Mais..." répondit-elle en faisant des guillemets avec ses doigts. "C'est le nom de ce jeu. Maintenant, je t'ai prévenu de te taire et de désobéir."

Samantha toucha le côté de sa bouche avec son index et plissa les yeux dans une fausse concentration.

« Voyons, comment dois-je gérer votre désobéissance ? Hé, j'ai une idée, » dit-il en agitant les mains sérieusement. « Au lieu de cracher, tu devrais utiliser ta bouche pour me faire plaisir !

Sentant que le jeu était bien engagé, Dick n'était pas sûr de devoir répondre verbalement. Sagement, il choisit de hocher la tête en signe d'accord. La tenue scandaleuse et le comportement obscène de Samantha lui donnaient envie de tout contact avec son corps.

"Ah, je vois que tu apprends vite," dit-elle. "Mettons ta bouche au travail. Je veux que tu léches mon trou coquin, comme un bon garçon."

Une fois de plus, Dick hocha la tête avec insistance, heureux d'être d'accord. Permettre à Samantha ce moment d'« inversion des rôles » semblait juste dans les circonstances et il était heureux de l'accompagner tout au long du voyage.

Soigneusement pour ne pas pousser son mari, Samantha se glissa en arrière sur le lit. Elle le chevaucha à son cou et s'agenouilla, plaçant ses fesses directement sur son visage. Toujours taquine, elle tourna son bassin en frottant ses mains le long des courbes lisses de ses fesses.

"Maintenant, donne-moi du plaisir... dans mes fesses", dit-elle avec autorité.

Samantha sentit le corps de Dick trembler à cause du rire qu'il luttait pour réprimer. Embrasser sa femme n'était pas vraiment une punition et la regarder s'exciter pendant qu'il lui léchait le cul était excitant. Par conséquent, il était plus qu'heureux de lui faire plaisir.

Souriante, Samantha se pencha et regarda entre ses jambes,

"Je te donne accès à un endroit très spécial, bébé."

Comme pour révéler un cadeau précieux, elle a déplacé ses mains au centre de ses fesses toniques et a séparé ses fesses blanches et crémeuses.

Là, pour le plus grand plaisir de Dick, se trouvait sa délicate étoile. À la lumière du jour, il pouvait facilement apprécier chacun des plis qui composaient son entrée sans nom. Légèrement plus foncé que le reste de sa peau, le ton lui donnait un air presque exotique. Dans l'ensemble, c'était une cible très attrayante et il ne se lassait pas de la toucher.

Interprétant mal sa pause, Samantha a prononcé des mots d'encouragement :

"Allez, bébé. Tu sais quoi faire. Mets ta bouche sur mes fesses."

Avec plaisir, Dick pinça les lèvres et les pressa contre l'anus de Samantha, qui tremblait maintenant d'anticipation. Affectueusement, il mordilla, suça et embrassa son chemin autour du petit cercle, suscitant de doux gémissements de sa femme. Ce n'était pas un amateur, il savait exactement comment gérer la peau ridée autour de sa porte arrière.

Samantha était éternellement en admiration devant le plaisir qu'elle éprouvait lors de la stimulation anale. Dans son esprit, cela prouvait que le sexe anal était un acte sexuel naturel, qu'il ne méritait pas son statut de tabou. Peu de temps après, la sensation exquise de sa bouche fondant contre son ouverture l'avait posée et aspirait à plus.

"Bébé... s'il te plait ! Glisse ta langue dans mon cul et fais-moi jouir." gémit-elle.

Elle n'avait pas besoin de le dire deux fois. Dick était un amant extrêmement généreux et il espérait la pousser à bout. Tirant la langue, il la raidit autant qu'il le put, avant d'envahir de manière appropriée le trou effrontément offert par sa femme.

Pour aider, Samantha abaissa lentement son corps jusqu'à ce que sa langue passe à peine à travers l'entrée tendue de son lieu de plaisir. La chaleur brûlante à l'intérieur de son bord sensible l'affecta si profondément qu'elle lui coupa momentanément le souffle. Désirant une pénétration complète, Samantha a commencé sa descente finale sur sa bouche.

« Putain bébé. C'est si bon ! Oooooh ! Samantha commença à bouger ses fesses sur sa langue implacable.

Dick a capté ses indices évidents et est allé goûter. Lentement mais sûrement, sa langue atteignit un contact intime maximal. Comme d'habitude, son sphincter externe a accepté son intrusion après une certaine résistance initiale. Une fois cette barrière franchie, il poussa en avant, assez profondément pour traverser son sphincter interne le plus inflexible.

"Aaahhhh ! Bébé ! S'il te plait ! Fais-moi jouir !"

Bien que nettement plus petite que sa bite, la langue de Dick compensait l'écart de taille avec sa dextérité. Il a alterné entre rouler sa langue et pousser dans et hors de son endroit le plus privé. Sans se presser, il était heureux d'apaiser son besoin. À en juger par la quantité de jus de chatte qui s'accumulait sur son menton, il savait qu'elle allait bientôt jouir.

Alors que Dick exerçait sa magie sur ses fesses, Samantha était hors d'elle. Elle avait attendu, avec une certaine impatience, ce moment toute la journée. Sentir ses lèvres sensuelles et sa langue talentueuse sur sa zone intime envoya une vague de soulagement à travers son corps. Dans le même temps, la tension sexuelle qui s'était accumulée était sur le point d'exploser. C'était un contraste intéressant qu'elle appréciait.

Après avoir passé plusieurs minutes à s'occuper des pulsions charnelles de Samantha, Dick sentit sa posture changer. En cambrant son dos, elle a commencé à se déplacer lentement de haut en bas sur son visage, tout en maintenant ses fesses ouvertes pour sa langue. Elle était sur le point d'arriver et il se prépara à ce qui allait suivre.

Soudain, elle se raidit. Dans une tentative désespérée de trouver un soutien, elle a déplacé ses mains vers sa poitrine, laissant son visage entre ses fesses heureusement petites. À peine capable de respirer, il continua courageusement.

Le temps sembla s'arrêter alors que Samantha dévalait la falaise orgasmique. Ce qui a commencé comme une petite étincelle située au centre de son anus s'est rapidement propagée comme une traînée de poudre dans tout son corps. Au cours de cette fraction de seconde, chaque muscle de son bassin a commencé à se contracter et à se détendre rythmiquement alors que la libération bénie la réclamait.

« Ooohhh mon Dieu ! » Elle hurlait à tue-tête, la tête renversée en extase.

Après plusieurs secondes, Samantha est devenue molle et est tombée en avant sur l'abdomen de Dick, tirant ses fesses de son visage. En marmonnant, elle sembla momentanément incohérente, mais réussit à bouger et à rester à ses côtés avec sa tête appuyée sur sa poitrine. En le caressant, elle ronronna comme un chaton sexuel satisfait.

Susan, déjà plus détendue, finit par murmurer :

"Bébé, c'était incroyable. Tu peux parler maintenant, si tu veux.

"Non. Je vais bien," fut sa réponse arrogante.

En regardant son visage, elle ricana,

« Vraiment ? N'y a-t-il rien que vous vouliez dire ? »

Sa seule réponse fut de secouer la tête avec une expression perplexe. Parfois, les mots n'étaient tout simplement pas nécessaires.

Acceptant le vœu de silence de Dick, l'attention de Samantha s'est brusquement déplacée lorsqu'elle a remarqué sa bite se balançant fièrement entre ses cuisses. Élégamment recouverte d'une goutte de précum, elle l'appelait sur le plan sexuel. Bien qu'épuisée par la force de son récent orgasme, elle avait besoin de sa bite dans le cul et elle se contenterait de rien de moins. Poussée par son désir indéniable, elle tendit la main et saisit sa virilité lancinante à deux mains.

"Hmmm, tu vas parler très bientôt," répondit-elle avec assurance alors qu'elle caressait sa bite et la remplissait de salive.

En général, Samantha n'aimait pas être au top et préférait absorber la force du pouvoir masculin de Dick pendant les rapports sexuels. Réalisant que c'était son moment dominant pour briller, elle a décidé de la position qui donnerait à Dick la meilleure vue. Après avoir enlevé ses chaussures, elle glissa en avant et s'accroupit, fixant ses pieds. En équilibre sur ses genoux, ses fesses planaient de manière alléchante au-dessus de son érection.

Samantha avait besoin d'une vraie satisfaction anale, et maintenant le moment était venu.

"Prépare-toi, bébé. Je vais te violer la bite avec mon cul," murmura-t-elle d'une voix teintée de luxure.

Atteindre derrière elle, elle a attrapé sa bite avec sa main droite et a utilisé l'autre pour tirer sa fesse gauche sur le côté. Avec précision, elle aligna sa virilité contre son trou affamé et se frotta la tête à son entrée. La combinaison de son précum et de sa salive était un lubrifiant efficace et elle savait par expérience que cela suffirait à faciliter son passage.

Dick sentit sa pince quand sa bite sortit. Avec précaution, elle se mit à le monter jusqu'à ce qu'elle soit complètement assise à son entrée arrière. Bien que loin de sa première expérience anale, Dick appréciait toujours la vue extraordinaire du cul de Samantha, alors qu'il enveloppait sa bite. Ne se lassant jamais de l'image puissante, il souhaitait seulement qu'elle puisse atteindre son point de vue.

S'accrochant étroitement à sa chair chaude, il aspirait à la douce friction qui venait d'avancer sauvagement dans et hors du canal étroit. Mais pour l'instant, il se contentait de laisser Samantha conduire et attendre son heure.

Après avoir gémi tout au long de la période d'insertion et d'ajustement, Samantha a finalement parlé avec une grande fierté :

« Bébé regarde ! Je t'ai enfoncé au fond de mon cul, tout seul ! »

La présence du membre épais de Dick sur ses fesses a toujours mis Samantha en orbite, car l'étirement de ses tissus sensibles était presque suffisant pour provoquer un orgasme. Cependant, être au bord du Nirvana n'était pas aussi bon que d'y arriver. Il y avait encore du travail à faire. Plaçant ses deux mains sur ses cuisses et cambrant son dos, elle se prépara pour le tour final.

Elle commença à monter et descendre sur sa longueur dure avec détermination. Au début, c'était intentionnel, tout en essayant de s'adapter à un rythme raisonnable. En essayant d'accélérer, elle a découvert que c'était tout un défi sans l'aide de Dick. Avec grâce, elle réussit à basculer sur sa sensation sans déloger son sexe. Mais il est vite devenu évident que sa petite taille ne permettait pas d'atteindre le taux de punition qu'elle souhaitait tant.

Après plusieurs minutes d'efforts de Samantha, le désespoir de Dick est devenu insupportable. Bien qu'il ait apprécié cet apéritif, sa bite était affamée pour le plat principal. Pourtant, il s'est retenu et a attendu qu'elle lui passe le témoin.

"Bébé, je... c'est... difficile," admit-elle finalement, incapable de se débrouiller avec ses propres fesses.

Dick était plus que prêt à reprendre la position d'État dominant. Lors de l'abaissement suivant de Samantha, il a déplacé ses hanches de manière inattendue. Par conséquent, Samantha tomba à la renverse, alors qu'elle était toujours empalée sur son sexe. Atterrissant avec son dos contre sa poitrine, elle a essayé et n'a pas pu se redresser. Dick a attendu pendant qu'elle bougeait pendant quelques secondes, s'assurant qu'elle était stable en position.

"Maintenant, dis-moi, Petite, qui est en charge," murmura-t-il.

Soulagée par l'aide, la demande de Samantha était simple :

"Pour l'amour de Dieu, taille-moi juste, bébé."

Dick a finalement lâché son cul nécessiteux quand il était satisfait de sa position. Sautant comme un bronco, il la frappa violemment par en dessous alors qu'elle tenait son bassin légèrement au-dessus du sien. Ses cris, ses gémissements et ses supplications pour "PLUS" étaient comme de la musique à ses oreilles. Sa femme aimait vraiment le sexe anal... il en était sûr.

Maintenant que Dick lui donnait ce dont elle avait tant besoin, Samantha était au paradis. Malgré leurs positions relatives, elle lui a volontiers permis de revendiquer son corps, le faisant sien. Grosse et puissante, sa bite l'affecta d'une manière que sa langue ne pouvait pas et les profondeurs auxquelles il plongea ses parois intérieures la préparèrent bientôt à un autre orgasme. L'entendre grogner alors qu'il trouvait du plaisir dans ses fesses a finalement poussé Samantha à ses limites.

« S'il vous plaît ! Ne vous arrêtez pas ! » Elle a supplié.

Ayant senti sa femme au bord du précipice, Dick fut bientôt récompensé pour ses efforts frénétiques. Quand il a finalement succombé, son cul a serré sa bite avec une force surhumaine. Une fois ses contractions rythmées commencées, il laissa un orgasme bien mérité envahir son corps. Des flots après flots de sa semence ont jailli dans sa dure luxure alors qu'il criait son nom avec un plaisir lubrique.

Déjà au plus fort de ses spasmes corporels, Samantha avait un climax émotionnel lorsqu'il l'appelait par son nom. Il n'y avait pas de plus grande récompense que d'amener Dick à l'orgasme avec l'un des siens et elle a prospéré grâce à cette ruée sexuelle. Instinctivement, elle agrippa ses hanches comme une ancre alors que leurs corps tremblaient à l'unisson.

Samantha s'est effondrée sur lui après avoir résisté au tsunami sexuel. Elle a tâtonné pendant plusieurs secondes avant d'essayer de se déconnecter de la source de sa satisfaction sexuelle. La 'Dirty Girl' consommée a apprécié son sperme sur son cul et a voulu sauver ce qu'elle pouvait. Étonnamment, elle a réussi à se lever et à tout tordre en un seul mouvement, s'étalant sur toute la longueur de son corps. Repu, Dick se contenta de se détendre, même s'il était toujours retenu par les menottes.

En écoutant son rythme cardiaque lent, Samantha sentit qu'il était peut-être endormi et décida qu'elle pouvait libérer son jouet sexuel de l'après-midi.

Brièvement, elle se demanda s'il chercherait à se venger. De tout son cœur, elle l'attendait...

Seul le temps nous le dira.

DÉCOUVRIR L'ENTRÉE ARRIÈRE

Je gémis et me roulai sur le lit.

La faible lumière qui traversait les rideaux me disait qu'il n'avait dormi qu'un peu plus tard que d'habitude.

J'ai soupiré et j'ai tiré les couvertures.

Je sentis ma copine bouger légèrement à côté de moi, son cul nu se pressant contre le côté de ma jambe.

Les souvenirs de la nuit précédente ont commencé à me revenir à l'esprit à travers la brume matinale.

Nous étions sortis avec des amis en ville, une nuit tranquille pour dîner et discuter.

Cinthya, ma petite amie, avait remporté le tirage au sort plus tôt dans la nuit, donc cette fois j'étais le conducteur désigné.

Quand nous avons laissé nos amis et sommes retournés à la voiture, elle a trébuché un peu et je l'ai tenue pour qu'elle ne tombe pas.

J'en ai profité pour me faufiler avec un baiser et attraper son joli cul, la faisant hurler et me gifler de manière ludique.

"Désolé, je n'ai pas pu y résister," dis-je avec un clin d'œil alors qu'il revenait dans mes bras.

Elle a ri et a glissé sa main vers mon entrejambe et l'a tapoté doucement.

«Je ne pouvais pas non plus» gloussa-t-elle.

J'ai ri aussi et je l'ai aidée à franchir la porte, en m'inclinant dramatiquement quand elle est montée dans la voiture.

Avant de fermer la porte, je me suis tenu devant elle et lui ai demandé si elle ne pouvait toujours pas résister.

En riant, il tendit la main et frotta à nouveau mon entrejambe, plus lentement et certainement moins joueur que la première fois.

J'avais l'impression que je devenais un peu plus dur, mais sachant qu'il nous restait une demi-heure, j'ai reculé et fermé la porte.

En rentrant chez moi, nous avons parlé de notre soirée et la discussion a tourné autour de juillet, l'amie de Cinthya, qui avait récemment rompu avec son petit-ami de toujours.

July était vêtue d'un T-shirt très révélateur et Cinthya, avec un sourire, a dit qu'elle s'était rendu compte qu'elle l'avait examinée à plusieurs reprises.

J'ai essayé de prétendre qu'il ne l'avait pas fait, mais cela ne servait à rien, il était coupable des accusations.

Cinthya a dit qu'elle allait bien et qu'il serait difficile de ne pas la voir car ses seins étaient exposés à la vue de tous.

«Et en parlant de dur...» taquina-t-il alors que sa main frottait à nouveau mon entrejambe. "Est-ce pour penser à juillet?" Il a demandé en frottant sa paume le long de ma bite raide.

"Non, je pensais juste te ramener à la maison et te coucher," dis-je, atteignant rapidement sa poitrine pour l'attraper avec ma main droite.

Elle a crié et a pressé ma bite à travers mon jean.

«J'ai l'impression que tu ne veux pas attendre que je rentre à la maison,» dit-il en me frottant.

Ses mains se sont déplacées vers ma fermeture éclair alors qu'il murmurait "Peut-être que nous devrions voir ce que pense votre bite ..." Cinthya a ouvert mon pantalon et avec un petit effort a sorti ma bite de mes sous-vêtements.

"Ahhh, ça y est," dit-il en caressant mon membre dur comme de la pierre. "Je ne pense pas qu'il puisse attendre jusqu'à ce que nous rentrions à la maison", a-t-il plaisanté, "je pense qu'il veut jouer maintenant."

Sur ce, elle se pencha et posa sa tête sur mes genoux et passa lentement sa langue sur la tête de ma bite.

Je gémis et appuyai sur le volant alors qu'elle me taquinait.

Elle n'avait jamais eu une tête de bite dans la bouche en conduisant sur la route et était ravie de marquer cela sur sa liste de souhaits.

Elle a glissé sa bouche le long de ma bite et a tourné sa langue autour de lui.

Avec un gémissement, elle a commencé à bouger la tête de haut en bas, sa bouche chaude me rendait folle.

Je gémis à voix haute et passai une main à l'arrière de sa tête, sachant qu'il adorait se faire tirer les cheveux quand il suçait sa bite.

Le bruit aspiré a rempli la voiture alors qu'elle continuait à me sucer, mais j'ai pris chaque once d'énergie que j'avais pour me concentrer à nous ramener à la maison en toute sécurité.

Il sortit sa bouche de ma bite et gémit "Tu as si bon goût" avant de le sucer à nouveau.

Elle savait que j'étais proche de l'orgasme, alors je lui ai dit qu'il valait mieux ralentir, mais cela l'a incitée à m'ignorer alors que sa tête commençait à trembler sur ma bite encore plus vite.

Nous approchions d'un panneau d'arrêt et il n'y avait pas de voitures en vue, alors je me suis arrêté, j'ai saisi ses cheveux fermement et j'ai jeté un jet de sperme dans sa bouche.

Cinthya gémit en sentant le sperme éclabousser dans sa bouche encore et encore et encore.

Je ne me souvenais pas de la dernière fois où j'étais venu si dur et si dur.

Il s'assit lentement et me regarda dans les yeux en avalant chaque goutte dans sa bouche.

«Ramène-moi à la maison», a-t-elle demandé quand j'ai remarqué que ses doigts avaient glissé sous sa jupe et faisaient un travail supplémentaire sous sa culotte.

* * *

Je me suis réveillé de mes pensées quand Cinthya s'est retournée et a remarqué que je caressais distraitement mon érection maintenant lancinante après avoir revécu les souvenirs de la nuit dernière dans ma tête.

Il s'étira et bâilla avant de se blottir à côté de moi, sa main se déplaçant vers le bas pour éloigner ma main de ma bite.

"C'est à moi," dit-elle alors que ses doigts me doigtaient légèrement.

"Tout à toi" dis-je et j'ai fait une démonstration de garder mes mains loin de sa possession.

Lentement, il se mit à descendre sur le lit, enlevant les draps et les couvertures en bougeant.

"Bien sûr que oui, tout à moi," gémit-il en m'embrassant en remontant mon ventre avant d'embrasser légèrement la tête de ma bite.

Un autre baiser a conduit à un autre petit baiser, et bientôt elle a eu ma bite entière dans sa bouche une fois de plus.

Elle savait à quel point elle aimait me réveiller avec une pipe, mais après la nuit dernière, je voulais qu'elle en profite un peu aussi.

"Apportez ce petit chaton chaud que vous avez ici," demandai-je en attrapant ses jambes.

«Vous n'êtes pas le seul à avoir faim ce matin», ai-je plaisanté.

D'un tournoiement des yeux à ma mauvaise blague, elle tourna les jambes et nous étions bientôt dans la position 69 classique.

Autant j'aimais sentir ma bite dans sa bouche chaude et humide, autant j'aimais encore plus jouer avec sa petite chatte incroyable.

Glissez lentement ma langue le long de ses lèvres, faisant gémir Cinthya alors que sa bouche se déplaçait lentement de haut en bas de ma bite.

Ses doigts jouaient très légèrement avec mes couilles, et de temps en temps, elle tirait ma bite de sa bouche, me caressait et me disait de manger sa chatte.

J'ai déplacé mes mains autour de ses jambes pour que je puisse glisser mes doigts dans sa chatte trempée maintenant et elle s'est poussée contre moi, essayant de baiser mes doigts du mieux qu'elle pouvait.

Après l'avoir doigtée pendant un moment, j'ai glissé ma langue en arrière et l'ai frottée sur son petit clitoris.

"Mmmmm, bon sang, ouais," murmura-t-elle alors qu'il la touchait encore plus.

Glissez vos doigts à l'intérieur d'elle à nouveau et avec mon autre main, j'ai giflé son joli cul.

" Merde, ouais" gémit-il en la giflant à nouveau.

Alors que je caressais sa chatte avec de longs et lents mouvements, mon autre main lui serrait le cul, écartant ses fesses et me laissant voir son petit anus.

Avec un sourire, j'ai passé mon doigt le long de son vagin, le couvrant de son jus, puis le glissant vers son trou serré.

J'ai doucement frotté son cul, appuyant lentement mon doigt dessus.

Mon autre main a continué à entrer et sortir de sa chatte chaude et humide pendant que je jouais avec son petit trou arrière serré.

Bientôt, j'ai eu le courage de presser un peu plus fort contre l'anus et le bout de mon doigt est entré dans son cul pour la première fois.

Le tenant là, j'ai glissé ma langue jusqu'à sa chatte, l'ai léché et touché un peu plus avec mon doigt sur son cul, poussant et frottant contre elle lentement.

J'ai glissé mes doigts sur sa chatte et j'ai commencé à jouer avec son clitoris, la faisant gémir et la pousser contre moi.

En conséquence, mon doigt sur son cul a glissé au-delà de la première phalange, au-delà de ce que j'avais prévu d'aller.

J'ai remis mes doigts dans sa chatte et j'ai continué à la baiser, mon autre doigt était toujours logé dans son cul serré.

C'est alors que j'ai réalisé qu'il ne suçait plus ma bite, mais tournait la tête pour essayer de me regarder.

Ses hanches se balançèrent légèrement et elle gémit:

"Qu'es-tu en train de faire?"

J'ai bégayé qu'elle appréciait sa chatte, mais elle m'a demandé:

"Tu me touches les fesses?"

J'ai dû admettre qu'elle l'était et j'ai commencé à m'excuser, mais avant de pouvoir continuer, je l'ai entendue gémir "c'est très sale" et ses hanches ont commencé à bouger un peu plus fort, "putain de sale, touchant mon cul".

"Devrais-je arrêter?" Je lui demande

"Merde, non, rendez les choses plus difficiles" gémit-il alors que sa bouche retombait sur ma bite.

J'ai pressé mon doigt plus fermement contre elle et j'ai été récompensé par un fort gémissement.

J'ai renoncé à jouer avec sa chatte et me suis concentré sur son cul.

Tendant la main sur la table de chevet, je fouilla à l'aveuglette jusqu'à ce que je trouve la bouteille de lubrifiant que je cherchais.

J'ai glissé mon doigt de son cul, le faisant se plaindre.

Ensuite, j'ai versé du lubrifiant sur mon doigt et j'ai commencé à frotter le petit trou serré avec le lubrifiant avant d'appuyer à nouveau sur mon doigt.

Elle prit une profonde inspiration et pressa son cul contre moi, me suppliant de continuer à jouer avec ses fesses sales.

Le lubrifiant a permis de glisser plus facilement le long de son cul, et bientôt j'ai eu mon doigt au fond de son cul auparavant vierge.

Quand j'ai poussé mon doigt dedans et dehors, elle gémissait plus fort que je n'avais jamais entendu auparavant, et ses hanches se balançaient fort contre moi, essayant de pénétrer chaque centimètre carré d'elle.

"Je me demande à quel point ta bite se sentirait bien là-dedans" gémit-elle en me regardant.

Je lui ai demandé s'il était sérieux et il m'a pratiquement crié de me baiser le cul maintenant.

Elle s'écarta de moi et attendit sur le lit à quatre pattes.

J'ai versé plus de lubrifiant sur ma bite et je l'ai caressé, le préparant à remplir le trou serré de ma copine.

«Baise mon cul, baise mon cul» murmura-t-il, ses hanches se balançant d'un côté à l'autre.

Je me suis déplacé derrière elle et ai tenu ma bite, appuyant ma tête contre son trou plissé.

Je pressai lentement et bientôt la pointe glissa en elle, son gémissement résonnant sur les murs de la pièce.

J'ai doucement enfoncé ma bite dans son cul, et ses gémissements ont augmenté au fur et à mesure que je progressais.

Bientôt, j'avais toute ma bite enfouie dans son cul, mes mains agrippant ses hanches alors que je me penchais en avant et lui demandais ce qu'elle ressentait.

"Merde, c'est si bon," grogna-t-elle. «Maintenant, baise mes fesses, baise mes fesses, bébé», dit-elle.

J'ai lentement glissé ma bite en arrière avant de replonger en elle, la faisant hurler de plaisir.

La chaleur de la situation m'a rendu fou et plus tôt que je ne l'aurais pensé, j'étais prêt à exploser.

Je lui ai dit que c'était presque là et elle a gémi "Sperme en moi, remplis mes fesses de ton sperme chaud!"

J'ai attrapé ses hanches fermement et ai plongé ma bite dans son cul, l'enfouissant au fond d'elle quand j'ai atteint son apogée.

Avec chaque explosion de la mienne, je pouvais sentir les spasmes de son corps jusqu'à ce que j'aie fini de remplir son cul avec mon lait.

Il enfouit son visage dans l'oreiller et gémit encore et encore alors que ma bite glissait de son cul bien baisé.

Je roulai sur le dos à côté d'elle, reprenant mon souffle.

Il resta à quatre pattes, haletant.

Il tourna la tête vers moi et dit avec un sourire "mettons cette bite dure dès que possible, j'ai besoin d'une autre baise tout de suite"

PARI ARRIÈRE RISQUÉ

87

CHAPITRE I

Plans de tequila, de gui et de la décision la plus stupide de ma vie.

C'était il y a dix mois, mais il ne pouvait toujours pas regarder Jeremy Cartwright dans les yeux.

Et cela me gratifie.

Pas seulement à cause du sexe stupide et stupide de la fête de Noël que je regrettais de tout mon être, mais parce qu'après les retrouvailles que je venais d'endurer, j'avais vraiment envie de le regarder tout de suite.

Et je ne pouvais pas parce qu'à chaque fois que je le regardais, je pensais à lui ... quand je l'ai laissé ...

Oh que ne ferait-il pas pour un presse-cerveaux magique.

J'ai risqué un bref coup d'œil sur la table.

Il me souriait.

Connard.

Il ne se souvenait pas de la dernière fois que Jeremy avait atteint un but d'équipe.

Alors pourquoi me souriait-il de l'autre côté de la table alors qu'il aurait dû être gêné?

Parce que l'homme n'avait pas honte.

Ce n'est pas un manque de compétence qui l'a arrêté, non, Jeremy était juste paresseux.

La paresse.

Il avait gravi les échelons pour son charme, sa beauté et son absence de substance.

En tant que personne qui s'était battue bec et ongles pour chaque promotion et chaque échelon de l'échelle de l'entreprise, leurs promotions sans effort m'ont rendu complètement fou.

Le bon garçon du sud pose avec laquelle il avait battu tout le monde sauf moi.

Il doit avoir travaillé avec Lucy Sander, la nouvelle responsable de l'équipe de la division Est.

Lucy, qui venait de m'accuser de ne pas être un joueur d'équipe, à cause d'elle.

Moi, Nancy Harrison, je ne suis pas un joueur d'équipe.

Ne suis-je pas un joueur d'équipe?

Je suis la définition du dictionnaire d'un joueur d'équipe.

J'ai tout fait pour l'équipe.

J'ai tout donné, du sang, de la sueur, des larmes et tout autre cliché stupide.

Tout ce qu'il avait demandé était de savoir si nous devrions commencer à examiner les objectifs individuels en ce qui concerne les primes trimestrielles.

D'après l'expression de son visage, il aurait tout aussi bien pu suggérer l'abattage en gros de chiots.

Ce n'est pas seulement Lucy qui a mal réagi; Ils m'ont tous regardé comme si j'étais Cruella De Ville.

Tout le monde pensait qu'il avait une sorte d'agenda diabolique pour reconfigurer la structure des bonus.

Il n'essayait pas de retirer qui que ce soit d'un bonus.

Tout le monde avait complètement perdu le sens de ce que je disais.

J'ai adoré travailler pour Williams Resource Recovery.

Je suis arrivé à l'entreprise tout droit de l'université alors que je n'étais qu'un débutant dans le domaine relativement nouveau de la récupération des ressources environnementales et de la consultation sur la réduction des émissions.

J'ai vécu pour l'entreprise et ses idéaux, en particulier ses politiques de gestion inclusive.

Il était totalement favorable à la promotion d'un environnement d'entreprise coopératif plutôt que compétitif.

Il ne voulait pas complètement briser l'esprit des objectifs collectifs.

Je voulais juste, je voulais juste ... je voulais ...

Pour punir Jeremy Cartwright paresseux.

C'est ce que je voulais.

"Quel est ton problème?" Je lui ai sifflé de l'autre côté de la table, détestant la façon dont il sonnait, comme une sorte de musaraigne folle.

Je ne suis pas comme ça, cette personne en colère et amère, c'est à cause de lui, seulement lui, qui m'a fait agir ainsi.

Il rit.

Il rit doucement, comme si c'était un peu amusant, ce qui ne faisait que le détester davantage.

Nous étions les derniers dans la salle de conférence.

J'étais resté parce que si je n'avais pratiquement pas collé mes fesses au siège, en saisissant les bras de la chaise, j'aurais quitté la pièce dans une crise de colère qui mettrait fin à ma carrière.

Je ne me levais pas de la chaise tant que mes jambes ne tremblaient plus sous la colère induite par Jeremy Cartwright.

À quel point je voulais lui enlever sa stupide pose de sourire, mais, comme s'il pouvait sentir à quel point il était proche de me briser, Jeremy était resté en arrière pour me taquiner avec son rire mélodique.

"Mon problème, chérie? Quel est ton problème? Je ne suis pas celui qui a les jointures blanches quand il a du mal en réunion."

"Des jointures blanches? Je n'en ai pas, je suis ..."

Mon indignation s'est estompée lorsque j'ai réalisé que mes doigts étaient devenus engourdis par la perte de sang provoquée par la prise.

Détachant mes doigts des bras de la chaise, j'ai pris une profonde inspiration et j'ai commencé un chant intérieur.

Je suis calme.

Je suis calme.

Je suis calme.

Il faisait un très bon travail pour me calmer - les points blancs avaient disparu de ma vision périphérique et je ne pouvais plus sentir mon cœur surélevé dans mon front, quand il a commencé à fredonner.

Ce rat bâtard.

Last Christmas, la chanson qui jouait quand on ... quand il ...

Oh mon Dieu, je ne devrais pas, je ne voulais pas y retourner, pas maintenant.

Je me suis forcé à lever les yeux pour rencontrer ses mauvais yeux bleus.

Je parlai lentement, dans un effort pour empêcher la fureur aiguë qui bouillait dans mon sang de s'infiltrer dans ma voix:

«Mon problème, Jeremy, c'est que vous ne pouvez pas atteindre un objectif simple de sauver votre vie vague et sans valeur.

"Vraiment?" il a brouillé les mots.

Je l'ai juste appelé paresseux et inutile et l'homme n'avait même pas la décence de paraître un peu irrité.

Il pencha juste la tête, comme s'il lui avait dit quelque chose d'intéressant.

"Nancy, je vais atteindre ces objectifs. En fait, je ne les atteindrai pas seulement chérie, mais je dépasserai les vôtres."

Je ne pouvais pas m'empêcher de grogner fort.

Je plaisantais.

Vraiment?

Il n'y avait aucun moyen qu'il soit sérieux.

Au cours de la dernière année, il n'était même pas près d'atteindre la cible.

"Bien. Oui."

Je me penchai sur la table et ponctuai chaque mot d'un hochement de tête moqueur.

"Dans tes rêves."

La façade sud du bon garçon disparut momentanément et les doux yeux bleus devinrent glacés.

«Vous voulez parier quelque chose Miss Harrison?

Du coup, j'étais inquiète, vraiment effrayée, ce qui n'avait aucun sens car sa bravade n'avait aucune chance de m'attraper, encore moins de me submerger.

Les objectifs devaient être soumis en moins de trois semaines.

Mais pour une raison quelconque, il ne voulait pas jouer.

Il ne voulait pas risquer de connaître l'intention de tout ce qui se cachait dans ce regard glacial.

Je n'ai pas répondu.

Décidant d'être l'adulte, je me levai et contournai la table vers la sortie.

À chaque pas, j'indiquais clairement que j'étais trop mature pour jouer avec ces choses.

J'aimais jouer la carte de la maturité, mais quand je l'ai touché, il a tendu la main et m'a pris le bras.

"Es tu effrayé?" il m'a défié avec son doux accent du sud.

Je lui ai serré la main.

"Ouais. Bien sûr. Je tremble. Absolument terrifié. Je me secoue le cul."

Je me suis retourné, j'ai penché mon cul vers lui et l'ai secoué, le secouant comme un extra dans un clip de rap.

Grosse erreur de ma part.

Il rit.

Une délicieuse rumeur qui a sans aucun doute fait soupirer toutes les oreilles féminines qui pourraient écouter le son, sauf moi.

Il se leva, se pencha plus près, si près que son menton rugueux effleura mon oreille et je dus lutter contre un frisson.

En s'appuyant contre mes fesses, il murmura:

"Et si on pariait sur ce cul?"

Je me suis retourné et l'ai poussé des deux mains contre sa poitrine. "Quoi?"

«Pariez sur votre cul, Miss Harrison. Trop fort pour vous? Voulez-vous reculer?

J'ai regardé les portes ouvertes de la salle de conférence pour vérifier que personne n'avait entendu ses paroles avant de lui chuchoter.

"Le pari va dans les deux sens mon pote. Es-tu prêt à affronter cette perte, joli garçon?"

Je fixai son cul qui le fit rire à nouveau.

«Je pense que je suis assez en sécurité avec ça», dit-il.

Ce qui m'a rendu fou.

Ridiculement furieux.

Assez stupide pour tendre la main et dire:

"Vous l'avez comme un joli garçon."

Stupide, non pas parce que je pensais pouvoir gagner, mais parce que je cédais à sa prétention de m'impliquer dans ce pari.

«Chérie, je vais te donner une fessée la semaine prochaine,» dit-il en jetant un coup d'œil à ma main tendue qui me rendit floue.

"C'est ce que tu voudrais."

Je le fusilla du regard, ce qui ne fit que transformer son sourire en un large sourire.

Il était sur le point de retirer ma main tendue quand il la prit et me tira vers lui.

Il se pencha, sa bouche contre mon oreille, le bois de santal et l'odeur de l'homme brûlant avec lui.

"Oh chérie, nous connaissons tous les deux la vérité. N'est-ce pas?"

Le son de sa voix.

L'odeur de votre peau.

La chaleur de son corps contre moi me fit reculer.

Encore une fois le putain de Wham ronronnant en chanson.

Gui accroché à la porte du bureau.

Le goût du rhum et du gâteau fondant sur ses lèvres.

La chaleur de sa main frappant mon cul.

Le bord en bois dur du bureau mordant mes hanches.

Le son de ma voix hurlant d'orgasme, en demandant plus.

Cette nuit.

Cette nuit stupide et imprudente j'avais entouré un doigt mouillé de mon jus contre mon anus.

À maintes reprises, il avait taquiné cet endroit secret, chaque coup un peu plus profond, jusqu'à ce qu'il pousse tout à l'intérieur.

Sa voix grave résonna dans mon oreille en me disant que la prochaine fois qu'il me baiserait, ce serait là-bas.

J'ai secoué le souvenir.

Il n'y en avait pas eu la prochaine fois.

Il n'y aurait pas de prochaine fois.

Il n'y avait pas assez de tequila dans le monde pour me faire revenir à cette situation.

"Tu es tellement tendue, Nancy. Tellement nerveuse. Je peux t'aider avec ça," murmura-t-il en baissant sa main pour se poser sur la courbe de mes fesses.

Un coup de chaleur me traversa à son contact.

Je suis parti, honteux de la façon dont les souvenirs m'avaient rendu humide.

De quoi parlait cet homme?

Comment pouvait-il me mettre aussi en colère et le vouloir encore?

J'étais sur le point de revenir sur le pari.

Lui dire que c'était une grosse erreur stupide quand, à ce moment-là, il a mis un doigt sur mes lèvres.

"Chut, Nancy, pas le temps de parler, je dois retourner au travail si je veux battre vos chiffres."

Et puis il était parti.

Pas très vite.

Toujours dans cette voie méridionale «tout le temps du monde», il quitta la salle de conférence et retourna à son bureau.

CHAPITRE II

Tracy m'a trouvé à mon bureau.

Comment je savais que ce serait ici.

J'avais délibérément évité la salle à manger dans le vain espoir de pouvoir me débarrasser de cette conversation, mais il me semblait n'avoir fait que retarder l'inévitable.

"Alors," dit-il en se penchant sur mon bureau, "Tu ressembles au Grinch. J'ai entendu dire que tu essayais de voler nos liens collectifs."

Je n'ai pas répondu.

Il s'assit dans ma chaise d'invité sans demander et s'approcha, apportant avec lui beaucoup d'odeur de tabac et de marijuana.

"Tu sais quel est le problème, non?"

Je savais où cela allait.

Là où ça a toujours été avec Tracy ...

"Vous devez sortir cet homme de votre tête"

... sous la ceinture.

Selon Tracy, il n'y avait rien au monde qui ne puisse être réparé en étant une bonne pute.

De la crise au Moyen-Orient à une mauvaise journée: il a toujours réussi à trouver un moyen de tout réduire au sexe.

Je soupirai et baissai la tête pour tapoter doucement le bureau.

"Rappelle-moi encore, pourquoi es-tu exactement mon meilleur ami?"

Elle a ri, un son doux mélangé à un son dur, le produit d'une affection de toute une vie pour les saveurs de Lucky Strike.

"Parce que vous auriez besoin de quitter votre travail pour trouver quelqu'un d'autre et ..."

J'ai interrompu, finissant sa phrase ...

"... Je sais tout sur toi, donc plus que toi de toute façon."

"Wow. Huh."

Il me caressa la tête.

«Tu as besoin d'une coupe de cheveux, chérie. Pourquoi ne vas-tu pas tôt aujourd'hui? Dieu sait qu'ils te doivent des heures.

Je m'assis et passai une main dans mes cheveux, ramassant ma longue frange.

"Je ne peux pas, j'ai besoin de ..."

"Vous avez besoin de vous faire baiser. Vous devez vous couper les cheveux. Vous avez besoin d'une vie. C'est ce dont vous avez besoin. La terre ne va pas sombrer dans le chaos du carbone parce que vous quittez l'entreprise un peu tôt pour vous réparer."

J'ai soupiré.

Ma frange retombe sur mon visage.

Je l'ai soufflé avec une bouffée d'air.

Peut-être qu'elle avait un peu raison, mais elle savait que j'étais trop têtue pour l'admettre.

Nous nous sommes regardés, moi fronçant les sourcils à travers un rideau de cheveux et elle souriait, ce sourire parfait de reine de beauté.

Il me souriait un faux sourire.

Je suis tombé en panne le premier.

S'il n'y avait pas eu cette rencontre et le stupide Jeremy Cartwright, j'aurais peut-être eu l'endurance nécessaire pour garder mon regard intrépide, mais j'ai cédé.

C'était sa faute.

Tout était de sa faute.

"D'accord," dis-je.

Tracy se leva.

"Je sais que j'ai raison," dit-elle alors que son sourire de reine de beauté se transformait en un grand sourire.

«Je n'ai pas dit que tu avais raison.

Il a couvert son oreille avec sa main et a dit:

"Qu'est-ce que c'était? Je n'ai rien entendu après que vous ayez dit qu'il avait raison."

J'ai marmonné une "Salope" inutile alors qu'elle se retirait.

Il s'arrêta à la porte et dit par-dessus son épaule:

"Oh, je t'ai réservé un rendez-vous pour quatre avec Dustin au salon de coiffure. Ne sois pas en retard. Et fais ce qu'ils te disent."

"Quoi? Je veux juste une coupe de cheveux. Rien de plus," criai-je, mais elle était déjà au coin de la rue.

CHAPITRE III

Je suis revenu le lendemain avec mes cheveux coupés, teints, polis, cirés et presque quatre cents dollars plus pauvres.

Malgré le décaissement inattendu, je me sentais plutôt bien dans ma peau jusqu'à ce que je le voie.

Il était appuyé contre le cadre de la porte du bureau, ressemblant à l'un des grands chats qu'il avait vus sur Discovery Channel la nuit dernière.

Avec ses cheveux blonds roux et son sourire prédateur, il était facile d'imaginer sa tête comme la tête d'un fier lion.

Il déplaça ses yeux de ma tête à mes pieds puis leva lentement son regard en sens inverse pour se retrouver à nouveau sur mon visage.

La façon dont il me regardait me rendait nerveuse.

J'ai arrêté.

Je me suis arrêté en plein milieu de la salle.

Je n'avais pas réalisé que j'avais gelé comme une proie hébétée jusqu'à ce que quelqu'un me frotte le bras et que je réagisse.

Il rit.

Furieux, je me suis approché de lui et lui ai tapoté la poitrine.

Il la rattrapa, la serrant fort.

"Quoi?" dit-il avec une fausse innocence ennuyeuse.

Je reniflai, éloignai ma main de la sienne et le poussai à continuer vers mon bureau, jetant mon sac sur le bureau.

Annabelle, la femme avec qui j'avais partagé le bureau depuis deux ans, était en congé de maternité, donc j'avais le bureau pour moi.

J'ai aimé ça comme ça.

Ce n'était pas vraiment une fille qui aimait l'espace partagé.

Et dans un monde parfait, j'aurais un bureau pour moi dans un coin.

Jeremy entra sans demander et posa son derrière serré sur le bureau d'Annabelle.

Je l'ai ignoré, j'ai allumé l'ordinateur et j'ai vérifié mes e-mails comme s'il n'était pas au bureau.

Il s'éclaircit la gorge.

J'ai gardé mes yeux sur l'écran.

Il a ri et j'ai senti un pouls de colère commencer à battre dans mon front.

"Tu es magnifique ma chérie."

Je me suis tourné pour le regarder.

Alors vous m'avez flatté, est-ce que je m'attendais à vous remercier pour quelque chose maintenant?

Il est peu probable que cela se produise.

"Je sais," dis-je avec un grognement.

En riant, il s'avança pour s'appuyer contre mon bureau.

Il poussa les papiers de la table et s'appuya dessus sur ses coudes.

Putain d'arrogant.

Je le fusilla du regard.

Il se pencha plus près de moi.

« Tracy m'a dit que tu étais partie tôt hier pour une visite au salon de beauté.

J'ai hoché la tête.

Il leva la main et tira sur une mèche bouclée de mes cheveux.

"Vous avez fait vos cheveux."

J'ai de nouveau hoché la tête.

"Rien d'autre?"

Je me suis éloigné du bureau, lui ai détourné la chaise.

Par son odeur.

Par ta présence.

Ses yeux glissèrent sur mon corps et s'arrêtèrent délibérément à la jonction de mes jambes.

Son regard était brûlant que je sentais palpiter entre mes cuisses tendues.

J'avais été ciré.

Plus qu'elle ne l'avait négocié, Tracy avait apparemment expliqué certaines demandes spéciales à Dustin.

J'ai résisté à l'épilation complète car je préférais que mon terrain de jeu soit au moins légèrement herbeux.

Comment le savait-il?

"Tracy," marmonnai-je.

Il rit, s'éloigna du bureau pour se lever et hocha la tête.

«Vous a-t-il dit? Vous a-t-il parlé de mon épilation à la cire?

Je ne pouvais pas croire qu'elle avait fait ça!

Pourquoi ferait-elle ça?

Il rit à nouveau, plus fort.

Quand il a terminé, il a dit:

«Oh chérie, elle m'a dit que tu étais dans le salon. Elle m'a dit que tu avais tout ciré.

Mon visage est devenu rouge comme un camion de pompiers.

«Tu l'as fait pour moi? demanda-t-il en penchant la tête.

"Et si je le faisais? Et si je le faisais?" J'ai bégayé, "Tu es sérieux? Tu me demandes vraiment ça?"

"Non. En fait, non. J'aime juste jouer avec toi. Tu ferais mieux de retourner au travail. Donc si tu considères à quelle heure tu es parti hier, tu devras te rattraper aujourd'hui."

Sa bouche était encore ouverte longtemps après son départ.

CHAPITRE IV

Tracy m'a trouvé ainsi.

"Oh bébé, tes cheveux sont superbes. Quoi? Quoi?" Elle regarda par-dessus son épaule. "Que regardes-tu?"

J'ai secoué ma tête.

Elle hocha la tête et s'assit au bureau d'Annabelle.

« Aaah, Jeremy était là, non?

"Ouais, ça l'était. Connard."

« Pourquoi détestez-vous autant cet homme?

"Il est paresseux. Il n'a rien fait depuis qu'il est arrivé ici. Il se montre juste parfait et obtient tout ce qu'il veut."

"Vraiment? Hmmmm."

Tracy arqua un sourcil et baissa la tête.

"Qu'est-ce que c'est censé vouloir dire?" M'écriai-je.

"Le monde est tout noir et blanc pour vous, non? Bon et mauvais. Pas de nuances de gris."

"Il n'y a pas de gris ici," dis-je, en transmettant le rapport du dernier trimestre que j'avais lu hier après-midi, "Voici en noir et blanc qui travaille et qui ne fonctionne pas. Jeremy ne le fait pas. Il n'a pas été transféré depuis Chicago. année passée ".

Tracy secoua la tête.

"Parfois chérie, la vraie histoire n'est pas sur le papier. C'est dans la personne."

"Je connais la personne," dis-je, "C'est un crétin arrogant. C'est la personne. Ecoute, je dois travailler. Si tout ce que vous avez maintenant, ce sont des opinions cryptiques sur Jeremy Cartwright, nous pouvons reporter cette conversation pour le déjeuner ... Ou peut-être jamais?

Tracy secoua à nouveau la tête avant d'acquiescer rapidement et de marcher vers la porte pour partir.

Il s'arrêta à la porte, se retourna et dit:

«Pensez juste, Nancy, chérie, il y a plus dans la vie que de faire du bon travail. Jeremy Cartwright est la seule chose qui vous passionne autre que la réduction des émissions de carbone ou la campagne du président. Je veux que vous y réfléchissiez. Cela signifie sûrement quelque chose. "

"Cela ne veut rien dire. Il ne veut rien dire."

Elle haussa les épaules et dit par-dessus son épaule en partant:

"Je ne vous dis pas d'épouser le garçon. Juste le foutre un peu."

Aussi en colère qu'elle m'avait fait de tous ses commentaires énigmatiques sur Jeremy, je ne pouvais m'empêcher de rire de sa réponse.

Baise-le un peu.

Je l'ai déjà fait.

Sur ce même bureau, en fait.

Mes tétons traîtres se durcirent au souvenir.

J'ai désactivé le flashback avant qu'il ne prenne le contrôle de tout mon corps et revienne à l'écran de mon ordinateur.

Il avait du travail à faire, il n'avait pas de temps pour Jeremy Cartwright.

CHAPITRE V

J'ai travaillé jusqu'au déjeuner.

Tracy sortit brièvement la tête pour me gronder, mais je l'ignorai et me mis à mon travail.

Ce n'est que lorsque j'ai levé les yeux de l'écran de l'ordinateur pour étirer mon mal de dos que j'ai réalisé que les lumières du couloir étaient éteintes.

Il faisait sombre.

J'ai regardé ma montre et j'ai vu qu'il était presque neuf heures du soir.

Mon estomac grogna en signe de protestation.

Je me suis éloigné de mon bureau, me suis levé et suis allé trouver le distributeur automatique le plus proche.

Je me tenais devant le distributeur automatique essayant de justifier la combinaison de plusieurs paquets d'aliments emballés comme un dîner nutritif lorsque les portes de l'ascenseur se sont ouvertes.

Je l'ai senti avant de le voir.

Nourriture thaï.

L'odeur de citron vert épicé et d'ail flottait dans l'air, me faisant presque m'évanouir.

«Pringles pour le dîner?

"Et une enveloppe de cacahuètes," répondis-je.

Jeremy rit.

"Bien, parce que cela fait toute la différence."

"Bien sûr que oui."

Tenant les Pringles, j'ai dit:

"Pommes de terre", puis les paquets d'arachides, "Graines".

Il leva le sac en plastique de nourriture qu'il tenait dans sa main gauche,

"Cartwright's Thai. Assez pour deux. Vous en voulez?"

Je secouai la tête alors que mon estomac hurlait un grognement embarrassant disant oui.

Jeremy regarda ostensiblement mon estomac toujours pleurnichard, le coin de sa bouche se tordant dans un sourire amusé.

"D'accord," dis-je en tendant la main pour saisir le sac de sa main, "faisons ça alors."

"Avec une telle acceptation gracieuse, je suis plus qu'heureux de me conformer."

Il tendit la main devant lui et me fit un petit salut.

"Veuillez ouvrir la voie."

J'ai froncé les sourcils, tourné les talons et me suis dirigé vers la salle de repos.

Il attrapa mon bras, ses doigts se resserrant autour de mon poignet.

"Euh, euh," dit-il, "dans mon bureau."

"Parce que?"

"Parce que c'est ma nourriture et je peux dire où nous la mangeons."

Je voulais lui dire où mettre sa nourriture, mais l'idée de retourner aux Pringles et d'un dîner aux cacahuètes me fit étouffer les mots.

"Bien," dis-je en secouant mon bras de sa main.

Il relâcha mon poignet et avec un léger sourire amena sa main sur mon visage.

Il passa un doigt le long de mon front jusqu'à ma mâchoire puis glissa une mèche de cheveux lâche derrière mon oreille.

J'ai retenu mon souffle pour qu'il ne lâche pas.

Il s'est rapproché.

Je soupirai, fermai les yeux, inclinai le menton et attendis, prêt pour un baiser qui ne vint pas.

Il est parti.

J'ai senti la perte de sa proximité alors qu'un frisson parcourait mon corps.

Quel fou!

À quoi pensais-je en attendant qu'il m'embrasse?

J'ai levé les yeux, m'attendant à le voir me sourire, mais à la place ...

L'air sortit à nouveau de mes poumons lorsque je rencontrai ses yeux.

Feu bleu.

La chaleur m'a envahi.

Une vague de désir qui a presque bouclé mes genoux.

"Allez," dit-il.

"Allons-y?"

Il désigna le sac en plastique oublié suspendu à ma main.

"Oh, dîner," dis-je en hochant la tête, marchant pour le suivre jusqu'à son bureau.

Son bureau était dans le coin.

Avec deux fenêtres avec des vues spectaculaires et sans avoir à partager.

Une autre raison de ne pas l'aimer.

Il n'a pas allumé la lumière quand nous sommes entrés, ce que j'ai trouvé assez étrange.

Il était sur le point d'allumer la lumière lorsqu'il alluma une lampe de bureau qui baignait la pièce d'un jaune tendre.

"Bien," dis-je en montrant la vieille lampe de bureau en laiton.

"Mon grand-père me l'a donné," répondit-il en sortant sa chaise de derrière le bureau et en la plaçant à côté de la chaise d'invité. "Vous pouvez vous asseoir."

Je l'ai fait, souhaitant qu'il n'ait pas déplacé sa chaise si près de la mienne.

Son genou a heurté moi quand il s'est assis.

Elle fouilla dans le sac et en sortit les petits cartons de nourriture, deux bouteilles d'eau et deux ensembles d'argenterie.

Deux?

J'ai pris les couverts offerts et je n'ai pas pu m'en empêcher.

Je ne pourrais jamais le faire.

Une curiosité sans réponse me rongeait.

"Pourquoi deux matchs?" Je lui demande.

«Je savais que tu étais toujours là. Je savais que tu n'avais pas mangé.

"Entends!" J'ai protesté en désignant le contenant de Cartwright Thai que j'avais posé sur mes genoux au-dessus de mes genoux.

Il roula des yeux.

"De la vraie nourriture. Je savais que tu n'aurais pas mangé de la vraie nourriture."

"Alors," dis-je en poussant une fourchette surchargée remplie de nouilles thaïlandaises dans ma bouche, "Pourquoi vous souciez-vous?"

"Je m'en soucie," dit-il en fixant ses yeux bleus sur moi.

Soudain, j'étais nerveux.

J'ai donc fait ce qui m'est venu naturellement dans ces moments-là.

J'ai commencé un babillage incohérent d'informations inutiles:

"Les Thaïlandais n'utilisent pas de baguettes. Il n'y a pas de baguettes. Le saviez-vous? Une fourchette et une cuillère. C'est ce qu'ils utilisent. Une des rares nations asiatiques qui le fait. La fourchette est utilisée pour mettre de la nourriture sur la cuillère. la cuillère. Après l'annexion de ... "

Il a tendu la main en touchant doucement mon genou.

J'ai été surpris et j'ai arrêté mon babillage.

«Mange», dit-il.

"D'accord. Comme."

Nous avons mangé en silence.

J'ai mangé plus que nécessaire pour garder ma bouche occupée.

Sinon, j'aurais laissé échapper toutes les questions qui me démangeaient juste sous la surface.

Pourquoi se souciait-il de moi?

Que voulait-il de moi?

"Merci pour le dîner," dis-je en prenant un dernier verre de mon eau avant de me lever.

"Pas de problème," répondit-il en passant sa main autour de ma hanche et en me tirant vers lui.

J'ai trébuché, écartant mes jambes pour garder l'équilibre.

Il a poussé une cuisse entre mes jambes écartées et s'est élargie alors qu'il me poussait vers le bas, me forçant à le chevaucher.

Les deux mains glissèrent le long de ma jupe tirant le tissu jusqu'à ce qu'il s'enroule autour de mes hanches.

Ses pouces parcoururent l'intérieur de mes cuisses, jusqu'à ce qu'ils effleurent l'ourlet de ma culotte.

Je n'ai pas pu m'en empêcher, j'ai basculé en avant avec une invitation évidente.

Il en riant.

Le son m'exaspéra presque, mais ses dents trouvèrent mon téton.

Merde.

La chaleur me déchira alors que je tirais sur le bout tendre.

Rugueux.

A duré.

Oui.

Oui, c'est ce que je voulais.

Ce dont j'avais besoin

Comment le savait-il?

Ses doigts agrippèrent la partie ronde de ma cuisse, mordant la peau alors que son pouce tombait sous l'ourlet élastique de ma culotte.

Il se déplaça plus bas, plongeant dans la mare de chaleur humide que son contact avait créée.

Il a poussé à l'intérieur, couvrant son pouce puis l'a traîné jusqu'à mon clitoris.

Merde.

Glissant et humide de mon besoin, son pouce a touché mon clitoris avec précision.

Je me balançai sur sa main, cambrant mon dos et poussant contre son pouce, le poussant à avancer.

«Dis-moi», dit-il, sa bouche toujours sur mon téton, ses mots vibrant contre ma peau.

"Quoi?"

"Dis-moi que tu veux ça ... tu veux que je te le fasse."

Ses mots ont pénétré le brouillard de la luxure et m'ont ramené dans le monde réel.

Que diable faisait-elle en chaleur sur les genoux de Jeremy Cartwright?

"Ne pas!" J'ai redressé mes pieds sur le sol et poussé vers le haut.

Je me suis levé de ses genoux pour me tenir devant lui.

Sa main a glissé de ma culotte quand je l'ai fait.

J'ai mis mes mains sur ses épaules pour garder l'équilibre et je suis sorti de ses genoux.

Avec des mains tremblantes, j'ai lissé ma jupe.

Quand il n'était plus exposé, j'ai dit:

"Je ne veux pas de ça. Je ne veux pas de toi."

Il rit, un son creux.

Amenant son pouce encore humide à sa bouche, elle fit glisser le bout sur sa lèvre inférieure, puis lécha l'endroit.

"Vous mentez," dit-il, "vous savez. Et je sais."

"Trash. Ce n'est pas toi. Ça fait juste un moment que je ne l'ai pas fait. J'aurais pu réagir à n'importe qui qui aurait vérifié ça sur moi."

"Combien de temps?" Je demande.

Dix mois, j'ai pensé, mais j'ai répondu:

"Occupe toi de tes oignons".

"Va-t'en alors," dit-il en montrant la porte, "Fuis Nancy. Tu es en sécurité dans tes petits mensonges pour l'instant."

"Que voulez-vous dire maintenant?"

Je me suis maudit de lui avoir répondu.

Pourquoi ne pouvait-il pas simplement laisser faire ça?

Pourquoi devait-il toujours savoir?

Il a fait un pas vers moi.

«Quand je gagne notre pari. Avant de prendre ton cul, je vais te le faire admettre. Admets que tu m'aimes.

"Ouais? Tu ..." Je fis une pause avant d'avoir l'air trop idiot, mais je ne pus m'empêcher de faire un pas et de lui percer un doigt.

Il retira mon doigt de sa poitrine et enferma ma main dans la sienne.

«Vous allez me supplier, Nancy Harrison.

"Pas même dans tes rêves," sifflai-je, m'écartai et quittai son bureau.

Il était à deux pas dans le couloir lorsque je me suis arrêté, me suis retourné et suis retourné à sa porte ouverte.

Il était assis à son bureau, regardant étrangement la lampe sur son bureau.

"Merci pour le dîner."

Elle leva les yeux et me fit un sourire qui, si j'étais même de loin enclin à être honnête, je devrais admettre que mes genoux se sont transformés en eau.

Au lieu d'être honnête, j'ai laissé échapper un grognement de colère et je suis retourné dans la salle.

CHAPITRE VI

"Il a triché," murmurai-je, bouche bée devant l'e-mail que je venais de recevoir.

"Qui a triché?" Demanda Tracy.

J'étais assise sur le bord de mon bureau en train d'inspecter ses ongles, attendant qu'elle finisse pour que nous puissions prendre un verre après le travail.

"Jeremy Cartwright a dépassé les objectifs".

«Je sais,» dit-il avec une indifférence totale au mélange d'adrénaline, de panique, de désir et de rage qui tournait à parts égales dans mon corps.

Il n'avait pas parlé du pari à Tracy.

C'était trop stupide et enfantin pour en parler, et comme cela avait à voir avec Jeremy Cartwright et le sexe, il ne doutait pas que Tracy serait de son côté.

"Que voulez-vous dire, vous savez?"

"Vous venez de récupérer la totalité de la charge sur votre compte. Alors bien sûr, il sera en tête de liste."

"Quoi?" le mot est sorti comme un cri aigu.

"Il a été au bureau à temps partiel. Il est venu ici de Chicago pour prendre soin de son grand-père. Mais maintenant, il est entré dans une maison de retraite à temps plein, alors il est également retourné travailler à plein temps."

"Comment n'ai-je pas su cela?"

"Peut-être parce que vous ne quittez jamais votre bureau? Peut-être que si vous parliez à quelqu'un d'autre que moi ..."

Levez la main.

"Wow, alors je te parle. Alors pourquoi tu ne me l'as pas dit?"

"Après la putain de fête de Noël, ta culotte était comme ça," soupira-t-elle, et, levant les doigts pour faire des citations, dit, "elle m'a interdit de mentionner son nom."

OK, alors peut-être que tout cela était vrai.

Peut-être n'était-il pas aussi vague qu'il le pensait.

Mais il était certainement aussi rusé qu'il le pensait.

Il savait qu'il reviendrait à plein temps.

Le pari était truqué!

Se penchant en sa faveur tout le temps.

"Où allons-nous prendre un verre?"

Elle fronça les sourcils.

«Chez Harry, où nous allons toujours.

"Non. Allons irlandais."

"Irlandais?" Tracy haussa les sourcils si haut qu'ils faillirent sortir de son visage. "Vous détestez l'Irlandais. C'est là qu'ils vont tous."

"Je sais."

C'est là qu'il serait.

Le rat et bâtard menteur sournois.

CHAPITRE VII

Il n'était pas là.

Encore une autre raison pour laquelle ma colère monte.

Il détestait l'Irlandais.

C'était un favori des commis de bureau typiques vêtus de courtiers et malheureusement, principalement en raison de la proximité, Williams Resource Recovery.

J'ai été furieux pendant une trentaine de minutes que l'homme du moment arrive.

Il ne l'a pas fait, alors j'ai laissé Tracy inconsciemment heureuse avec son cocktail (et un jeune banquier marchand naïf) et suis retourné dans la rue pour voir si elle était encore dans son bureau.

Il y avait.

Il m'attendait apparemment, car lorsque j'ai ouvert sa porte, il n'a fait que se pencher en arrière sur sa chaise et sourire.

"Tu as triché."

« Pas tout à fait vrai, Miss Harrison. Toutes les informations étaient à votre disposition. Vous ne les avez simplement pas ou ne les avez pas trouvées intéressantes à obtenir.

La vérité de ses paroles m'a piqué.

"Faisons ça alors," dis-je dans un éclair de bravade alimentée par l'adrénaline que je regrettais le moment où mes lèvres se sont scellées autour des mots.

"Fermez la porte," il donna l'ordre et se leva.

Mon cœur bat fort.

Ma gorge se serra.

Je me suis tourné vers sa porte en pensant à une fuite.

Je ne sais pas exactement comment mes doigts tremblants ont pu activer le mécanisme de verrouillage.

Je me suis tourné vers lui.

La chaleur et le froid terrifiant montaient en vagues contradictoires sur mon corps.

J'ai commencé à transpirer en même temps que de petites piqûres d'épingle me traversaient la peau.

Je me suis souvenu que sur son bureau il avait dit qu'il voulait de moi, alors, les jambes molles de peur, je me suis levé jusqu'à ce que mes cuisses heurtent le bois.

Il s'était déplacé du bureau pour apparaître derrière moi.

J'ai fixé mes jambes, fermant mes genoux.

J'ai refusé de le laisser me voir trembler.

Il se blottit contre lui.

Je pouvais sentir la chaleur de son corps.

J'ai tourné la tête, regardant par-dessus mon épaule, mais sans établir de contact visuel.

"Avec une jupe ou sans jupe?" Ai-je demandé avec une indifférence feinte.

Il gloussa, un grondement qui vibra contre mon cou.

«Êtes-vous si anxieux?» Murmura-t-elle.

"Fais-le maintenant," lâchai-je entre les dents serrées.

"N'a pas dit.

"Que voulez-vous dire non? C'était votre idée stupide!"

Je me suis retourné et me suis retrouvé prisonnier de ses bras.

Il s'était penché pour poser ses paumes sur le bureau.

Il a parlé contre la courbe de mon cou.

"Non, je ne veux pas," ses lèvres traînèrent de doux baisers le long des tendons tendus entre chaque mot, "Je te veux. Humide. Voulant. Je le supplie."

"Je ne mendierai pas," dis-je en arquant mon cou en arrière pour donner à sa bouche pécheresse plus d'espace pour bouger.

"Vous allez le faire." Il posa une main sur mon menton pour lever mon visage et le regarder. «Tu as adoré la dernière fois. Tu en voulais plus, n'est-ce pas?

J'ai combattu la prise qu'il avait sur mon menton et j'ai secoué la tête.

Il a baissé sa bouche vers moi, ses lèvres ont bougé sur les miennes et il a dit:

"Menteuse".

Je me suis ouvert à lui sans réfléchir.

Je laisse sa langue atteindre la mienne, soupirant de plaisir alors que la pointe mouillée me joue si bien.

Bon.

Tellement bon.

C'est ainsi qu'il était tombé la dernière fois.

Ce n'était pas la tequila.

C'était sa bouche.

C'est ce qui m'avait enivré d'écarter les jambes.

Je me cambrai contre lui, aimant la sensation de sa poitrine dure pressée contre mes seins.

Sa bouche quitta la mienne et je ne pus empêcher le soupir déçu que la perte émit.

Il s'est mis à genoux.

Je l'ai regardé tandis que ses mains remontaient lentement mes mollets.

Ses mains se sont arrêtées sur mes genoux pour écarter davantage mes jambes.

Je l'ai fait sans protester.

Les doigts ont atteint sous ma jupe.

Les faire glisser, les faire glisser le long de la peau douce et sensible de l'intérieur de mes cuisses.

La jupe a attrapé mes jambes et quand j'ai essayé de les écarter plus largement, j'ai soudainement voulu l'enlever.

Je voulais tout sortir.

J'ai passé mes doigts sur la fermeture éclair latérale de ma jupe, mais elle n'a pas bougé.

J'ai cherché la jupe.

Frustré, j'ai laissé échapper une malédiction qui l'a fait rire.

La réalité est intervenue au son et j'ai réalisé à quel point il avait été rapide de capituler.

J'étais furieux à l'idée: Oh, comme il doit aimer ça!

J'ai relâché le fermoir dans un souffle et baissé les yeux, prêt à dire quelque chose de sarcastique quand j'ai vu ses yeux.

Il n'y avait pas de rire là-bas, pas de triomphe, juste un besoin absolument nu.

Cela m'a frappé durement.

L'air est sorti de mes poumons dans un murmure.

La réalité s'est dissoute avec le besoin qu'elle devait être baisée.

L'air a alors changé à ce moment.

Il est devenu électrique, étincelant avec l'amadou de notre besoin.

J'ai déchiré le côté de ma jupe.

Un son déchirant qui déchirait l'air, mais je m'en fichais.

Je voulais tout sortir.

Tous dehors.

Maintenant même.

Il m'a aidé à baisser ma jupe.

Il s'est accumulé à mes pieds, me laissant debout uniquement dans mes talons et mes bas aux genoux.

Je suis allé enlever mes chaussures, mais il a secoué la tête et a laissé échapper

"Ne pas".

Elle portait une simple culotte.

Rien d'extraordinaire, pas de dentelle, juste du coton rose, mais ils le faisaient quand même gémir.

J'ai ressenti une poussée de plaisir au son.

Ses doigts ont attaqué mon chemisier, tirant sur les boutons de perles avec un mépris total.

J'ai entendu un ping sur l'étagère quand elle a ouvert ma chemise.

Puis elle s'est levée et a drapé le chemisier sur mes épaules, passant sa main le long de mes bras pour l'enlever complètement.

Il s'est éloigné et m'a regardé.

Je combattis l'envie de me couvrir, enfonçant mes doigts dans le bord du bureau.

Le temps s'est arrêté alors qu'il regardait jusqu'à ce qu'il soit plein.

Le halètement de mon souffle rompit le silence du bureau.

Attendre.

Temps.

Mes tétons gonflaient douloureusement, ma chatte humide attendait.

Elle n'avait pas l'habitude d'attendre.

Le contrôle n'était pas quelque chose que j'ai abandonné facilement.

Elle était tendue comme une corde vibrante alors qu'elle attendait qu'il fasse son mouvement.

Ses mouvements semblaient délibérément lents lorsqu'il revint pour se tenir près.

Comme s'il s'était calmé après l'envie de me déshabiller.

Il ne parlait pas, à la place il murmura des sons indistincts de plaisir en glissant ses mains sur ma peau.

Il m'a exploré comme cartographier ma topographie, ses doigts suivant chaque plongée et courbe avec une concentration intense.

Je gémis et bougeai mes hanches, impatient que les doigts bougent vers le sud.

Il ignora le mouvement insistant de mes hanches et continua son exploration d'une lenteur tortueuse.

Quand ses doigts glissèrent le long de la courbe de mon ventre et effleurèrent l'ourlet élastique de la culotte, je grognai:

"Oui".

Je pensais qu'il s'enfoncerait plus loin et toucherait finalement ma chatte, mais à la place il a mis ses mains à mes hanches et m'a tourné pour me tenir devant le bureau.

Ses doigts se sont déplacés moqueusement sur mes fesses, puis ont glissé vers le bas pour prendre mes chevilles, écartant davantage mes jambes.

J'ai dû me pencher en avant pour garder mon équilibre, posant mes coudes sur son bureau.

Les mains massantes remontaient mes mollets, les doigts talentueux s'enfonçaient dans le muscle jusqu'à ce que le temps devienne presque liquide.

Quand il s'est mis à genoux, il a mis sa bouche en jeu, traînant des baisers humides sur la courbe sensible.

Je ne pouvais pas empêcher le balancement de mes hanches, mon corps bougeait sans réfléchir, se balançant de plaisir.

Je soupirai alors que ses pouces s'enfonçaient dans mes muscles, atténuant les nœuds et les courbatures.

Là où ses doigts sont allés, j'ai suivi sa bouche, m'embrassant, mordant, léchant et enfin caressant le chaume de son menton.

Quand ses mains se sont tendues pour prendre mes fesses, j'ai attendu, prête à lui enlever ma culotte.

Il ne l'a pas fait.

Au lieu de cela, il glissa ses pouces sous le bord carré de la culotte de la jeunesse et les souleva.

Il tira jusqu'à ce que le tissu se glisse entre mes fesses et se balance contre ma fente humide et mon clitoris palpitant.

Je me tenais sur la pointe des pieds avec un hoquet alors qu'il tirait sur ma culotte avec un effet dévastateur.

Je pourrais venir comme ça.

J'ai réalisé quand le chiffon humide a caressé mon clitoris.

Je reculai, le pressant de continuer avec mes halètements et mes gémissements.

"Oui. Oui," gémis-je au début d'un orgasme imminent.

Et il s'est arrêté en me giflant le cul.

"Pas encore," dit-il, et je mordis littéralement dans l'envie de crier, enfonçant douloureusement mes dents dans ma lèvre inférieure.

Il m'a dépouillé de ma culotte en un seul mouvement.

Ses deux mains attrapèrent les bords et les abaissèrent rapidement.

Il a touché ma jambe lorsque la culotte, tendue à l'extrême, a atteint mes genoux.

Comme je n'avais pas bougé assez vite, elle a déchiré la culotte au niveau du renfort.

Les deux restes sont tombés sur mes chaussures.

Je n'ai pas eu le temps de protester.

Au moment où mes fesses étaient nues, il a glissé mes jambes plus loin et a rentré son visage dans mes fesses.

Ses mains allèrent à mes fesses, les doigts étendus il les écarta plus largement.

J'ai crié de choc au moment où sa langue a frappé mon cul.

Petits virages.

Je me suis retrouvé à sonner au même rythme que lui avec sa langue:
"Euh, euh, euh, euh ..."

Le sentiment était incroyable.

Je n'ai jamais ressenti quelque chose comme ça.

Je me balançai contre sa bouche.

Mes mains se sont tendues et ont saisi la table.

Les papiers glissèrent sous mes bras battants et se froissèrent entre mes doigts.

Une main a quitté mes fesses pour passer entre mes jambes.

Son pouce, je pense que c'était son pouce, a plongé dans ma chatte humide puis vers mon clitoris.

Il a encerclé le renflement enflé en pressant sa langue contre mon anus.

Je sentis mon anus serré se détendre à la poussée insistante de sa langue.

La langue.

Le pouce sur mon clitoris.

J'ai succombé

Ma bouche se pressa contre le bois.

J'ai pleuré avec des bruits d'animaux, pas de mots, des cris et des grognements.

"Euh, euh, euh, eeeeee", je sentis mon anus se contracter sur sa langue.

Son pouce a pris un dernier coup sur mon clitoris puis ses doigts sont descendus pour plonger dans ma chatte.

Je montai l'orgasme dans sa main, le contractant dans ses doigts.

Épuisée, j'ai glissé vers l'avant, jetant plus de papiers sur le sol alors que je m'effondrais avec mon torse sur son bureau.

Alors qu'il était allongé comme ça, étendu sur son bureau, il s'est mis derrière moi.

Je sentis la pression de son érection nichée entre mes fesses.

La sensation de sa bite dure juste là m'a rappelé le pari encore à payer et je me suis tendu.

CHAPITRE VIII

Il passa une main le long de mon dos maintenant raide, le long de ma colonne vertébrale.

"Détendez-vous," dit-il en remontant lentement le renflement de ma colonne vertébrale.

Je n'ai pas pu me détendre.

Tout ce à quoi je pouvais penser était la taille de sa bite et la taille de mon anus, ce qui me faisait grimacer.

Il se pencha sur moi, sa bouche à la base de mon cou et murmura:

"D'accord. Je ne te ferai pas de mal. Je ne te ferais jamais de mal."

Je restai rigide, ne parlant pas alors que sa main continuait à caresser le long de mon dos.

Je portais toujours mon soutien-gorge.

Il s'arrêta aux bretelles pour déplacer le fermoir.

Lorsque les bretelles furent défaites, il amena ses mains sur mes épaules, avec une légère pression, il me souleva.

Me serrant fermement, il me poussa contre lui.

Le soutien-gorge s'est détaché quand je me suis assis et il a bougé ses mains pour prendre mes seins.

Ses pouces couraient sur les pointes durcies de mes mamelons.

Il était toujours entièrement habillé.

Sa boucle de ceinture était froide dans le bas de mon dos.

Il a tourné ses hanches vers moi, poussant sa bite en cercles lents contre mon cul.

La tension qui agrippait mon corps diminua lentement alors que sa bouche descendait le long de mon cou.

"Tellement beau," murmura-t-il.

Il tendit la main pour prendre ma chatte, courbant ses doigts entre des lèvres humides, plongeant brièvement le bout de deux de ses doigts à l'intérieur.

Je me suis tenu sur la pointe des pieds pour lui donner plus d'accès, me penchant en avant, lui faisant confiance pour me tenir.

"Oui," dit-il en pinçant le mamelon sur mon sein gauche, une sensation incroyable parcourant mon corps.

«Penchez-vous», dit-il alors que ses doigts quittaient ma chatte et se posaient sur le bas de mon dos.

Il me poussa doucement en avant jusqu'à ce que mes hanches touchent le bord du bureau.

Je me détendis, le laissant me placer là où j'avais besoin de lui.

Je le sentis retomber à genoux.

Ses mains parcouraient l'intérieur de mes cuisses jusqu'à ce que ses pouces reposent contre la fente de ma chatte.

Il glissa un pouce puis l'autre dedans.

J'ai attendu qu'il pousse plus, mais il ne l'a pas fait, et à la place il a glissé ses pouces humides entre mon cul et l'entrée.

Il fit le tour des pouces humides autour du trou sensible.

J'ai poussé en arrière et la pression a augmenté jusqu'à ce que mon pouce glisse dans l'anneau musculaire.

J'ai eu le souffle coupé par l'invasion, mais je n'ai pas protesté.

Il a joué, poussant l'un puis l'autre pouce.

Je voulais plus, beaucoup plus.

La pression passagère n'était pas suffisante.

Je voulais être rassasié.

J'ai commencé à parler, "Jeremy pour ...", puis j'ai retenu les mots.

"Quel miel, qu'est-ce que tu veux?"

Je n'ai pas répondu.

J'ai porté le bras où mon front s'était posé à ma bouche et mordu la viande.

Il a continué les petites poussées taquines sur mon anus.

J'ai repoussé, mon corps en redemandait.

«Dis-le», dit-il et je savais qu'il ne me donnerait pas plus s'il ne disait pas les mots.

J'ai résisté en me balançant en avant.

Mon pubis a heurté le bord du bureau et j'ai réalisé que si je rampais un peu, je pourrais y arriver.

J'ai bougé mes hanches, mais lui, comme s'il sentait mon plan, a saisi mes hanches, me forçant à rester immobile.

À ce moment précis, il baissa la tête entre mes cuisses et se pencha pour prendre une longue succion sur ma fente.

J'ai grogné puis quand sa langue a continué à revenir sur mes fesses, j'ai haleté.

Sa bouche est sortie de mes fesses et j'ai balancé mes hanches en arrière pour le maintenir.

Il m'a attrapé à nouveau et a dit:

"Dîtes-moi".

J'ai laissé mon corps crier alors que mon esprit refusait toujours.

Il s'est levé et j'ai levé la tête du bureau en regardant par-dessus mon épaule.

Il avait enveloppé sa bite dans un préservatif à un moment donné, son pantalon était ouvert sur ses hanches, et sa bite recouverte de latex se balançait épais et dur.

J'ai regardé avec de grands yeux alors qu'il caressait ses mains glissantes le long de son érection.

Avec les mots coincés dans ma gorge, il s'avança et pressa la large tête lisse de sa bite contre mon anus.

Il secoua ses hanches en poussant très légèrement la pointe dans mon cul.

J'ai attendu l'étirement, le plongeon, mais il ne bougeait plus.

Je le regardai, rencontrant des yeux bleus avec détermination.

«Dis-moi s'il te plait,» haletai-je, «tu m'aimes?

"Putain ouais," grogna-t-il, "je veux baiser ton cul têtu."

C'était suffisant.

Assez que j'ai cédé.

«Prends-le. Prends-le, s'il te plaît Jeremy, prends-moi.

Il se balança en avant, lentement, très lentement poussant la tête de sa bite dans mon cul.

J'ai haleté dans le processus.

Sur la démangeaison.

Il était sur le point de ne plus lui dire quand avec un pop glissant il glissa à travers l'anneau serré des muscles, soulageant la douleur.

Il posa une main sur le bas de mon dos alors qu'il se balançait à l'intérieur de moi.

J'ai savouré la sensation de plénitude, surprise de voir à quel point elle était agréable.

Je m'habitue à la lente sensation de balancement quand il a attrapé mes hanches et a commencé à pousser.

Il a poussé de toute sa longueur à l'intérieur et à l'extérieur de moi.

Sa boucle de ceinture cliquait à chaque fois qu'il touchait le fond.

Chaque poussée amena la racine de mon clitoris contre le bureau.

J'ai ressenti un orgasme grandissant.

Je serrai par anticipation et l'entendis gémir pendant qu'elle le faisait.

Il a recommencé.

À chaque poussée, je serrais mon cul serré autour de sa bite pour l'entendre gémir.

Il m'a frappé fort, j'étais tellement concentré sur le timing de mes pressions avec ses poussées que l'orgasme m'a envahi presque sans avertissement.

Je haletai, me penchai en arrière et sentis la sensation étrange et surprenante de mon cul se contractant en orgasme autour de sa queue.

Il grogna, poussa et s'arrêta alors que mes muscles tremblaient sur sa longueur.

Quand mon orgasme s'est calmé, il a recommencé.

Sans rythme, il poussa.

Putain court puis long.

Profond puis peu profond.

Jusqu'à ce que, avec un gémissement guttural, il hurle:

"Je corrooooo".

Il s'écroula sur moi et me pressa contre le bureau.

Il a répandu des baisers le long de mon cou et de mon omoplate, s'arrêtant de temps en temps pour lécher la sueur de ma peau.

Je suis resté immobile, appréciant le poids de lui sur moi.

Je me tenais là sur le bureau, nue et les jambes écartées pendant qu'il se levait, défaisait le préservatif et redressait ses vêtements.

Ce n'est que lorsque j'étais assis à son bureau que je me suis finalement levé.

J'avais un morceau de papier collé sur mon sein gauche.

Il était passé du sublime au ridicule.

Je l'ai enlevé, je le lui ai remis et j'ai dit:

"J'espère que ce n'est pas important."

Il me l'a enlevé avec un sourire.

J'ai d'abord cherché ma culotte puis, réalisant qu'elle était en deux parties, j'ai simplement enfilé ma jupe aplatie.

La fermeture éclair n'est remontée qu'à moitié, cassée en haut.

Mon chemisier n'était pas super non plus, il manquait deux boutons et il s'est ouvert devant mes seins.

Alors que je regardais comment ma tenue désastreuse s'était avérée, Jeremy s'était levé de son bureau et avait ramassé sa veste de costume.

Il me l'a remis et je l'ai mis.

Il était à mi-cuisse, couvrant la plupart des dégâts.

Alors que je retroussais mes manches trop longues, Jeremy se rassit sur le bureau en face de moi.

«Alors,» dit-il, soudainement, il ne semblait plus si sûr de lui.

"Alors," dis-je à nouveau.

"Je ne veux pas attendre encore dix mois pour ça."

Ma bouche s'est un peu ouverte.

Je l'ai fermé et j'ai essayé de trouver un moyen de répondre.

«Nancy chérie, tu es la femme la plus têtue et la plus maladroite que j'aie jamais rencontrée.

Enragé, j'ai facilement trouvé des mots pour répondre à ça!

J'ai ouvert la bouche pour lui cracher des vérités maison quand il a tendu la main et a mis un doigt sur mes lèvres, en silence.

"Tu m'aimes. Je t'aime. Bon sang, je l'admets! Plus que t'aimer. Je t'aime. Chaque entêtement de ta part. Essayons."

Quand il a dit les mots, je savais que c'était ce que je voulais.

Ce que je voulais vraiment.

"Vraiment? Tu es sérieux," murmurai-je.

"Tu peux parier ton joli cul," dit-il en me tirant en avant pour prendre ma bouche dans un baiser passionné de fusion.

"Oui," murmurai-je contre ses lèvres.

"Tu l'as finalement reconnu," dit-il en m'embrassant durement une fois de plus.

FIN

131